古典詩歌研究彙刊

第九輯

龔鵬程 主編

第 18 冊

南宋遺民詩研究

潘玲玲 著

國家圖書館出版品預行編目資料

南宋遺民詩研究／潘玲玲 著 — 初版 — 新北市：花木蘭文化
出版社，2011〔民100〕
序 2+ 目 2+162 面；17×24 公分
（古典詩歌研究彙刊 第九輯；第 18 冊）
ISBN 978-986-254-536-2（精裝）
1. 宋詩 2. 詩評
820.91   100001474

ISBN-978-986-254-536-2

9 789862 545362

古典詩歌研究彙刊
第九輯 第十八冊   ISBN：978-986-254-536-2

南宋遺民詩研究

作　　者 潘玲玲
主　　編 龔鵬程
總 編 輯 杜潔祥
出　　版 花木蘭文化出版社
發 行 所 花木蘭文化出版社
發 行 人 高小娟
聯絡地址 新北市永和區中正路五九五號七樓之三
　　　　 電話：02-2923-1455／傳真：02-2923-1452
網　　址 http://www.huamulan.tw 信箱 sut81518@ms59.hinet.net
印　　刷 普羅文化出版廣告事業
初　　版 2011 年 3 月
定　　價 第九輯 20 冊（精裝）新台幣 28,000 元

南宋遺民詩研究

潘玲玲　著

作者簡介

潘玲玲，花蓮縣人，國立政治大學中文研究所碩士，目前任教於國立聯合大學華語文學系，教授中國文學史、閱讀教學法、本國語文、文學與音樂、台灣歌謠賞析、生活禮儀等課程。近年來研究重心從文學移轉至流行語、閱讀教學等領域，有多篇相關研究論文刊登於國內期刊。

提　要

本論文以南宋遺民詩為研究主體，全文分為諸論、本論、綜論三篇，共十章，約十二萬言，各章大要如下：

上篇　諸論

第一章：前言。首釋遺民一詞之名義。次敘遺民詩人之界定，蓋南宋之亡也，遺民特多，然何者當入遺民詩人之列，何者當擯而不取，又文天祥可否稱為遺民詩人，本節皆有詳述。期能為本文之研究，確立範疇與標的。

第二章：南宋遺民詩之時代背景。遺民詩之產生，係由於時代環境以促成，是以本章擬就南宋之政治環境、社會習尚、學術風氣三方面分論南宋遺民詩之時代背景。

中篇　本論：重要詩人及其作品研究

南宋遺民詩人固多，然志節特出，且有較多詩作傳世，足資研究者，但文天祥、謝枋得、鄭思肖、謝翱、汪元量、林景熙六人耳，茲分六章，分生平傳略、作品分析、集評等三點探論其人及其詩。此外，並附錄南宋遺民詩人一覽表，就載籍所錄，詳加稽考，以見南宋遺民詩人之概貌。

下篇　綜論

第一章：南宋遺民詩之特色。本章以重要詩人之作品為主，再參諸其餘詩人之作，從內容、風格、形式三方面，對南宋遺民詩所蘊含之特色，逐一剖析。

第二章：評價。就南宋遺民詩於時代上之意義，予以評價。

目

次

自 序

　　近年來，有關南宋遺民文學之研究，成績頗爲可觀，如文化大學楊麗圭之《鄭思肖研究及其詩箋注》、黃孝光之《南宋三家遺民詞人研究》；東吳大學王偉勇之《南宋遺民詞初探》、周全之《宋遺民志節與文學研究》；與政治大學學姊陳彩玲之《南宋遺民詠物詞研究》等，歸納彼研究之主題，率多聚焦於南宋遺民詞之探討，於詩之專研，則似未見有系統之專著，此吾研究動機之一。

　　或有謂亡國遺民所吐露之心聲，終不免無病呻吟，何來研究價值？然讀詩者苟以「亡國之音哀以思」而一筆抹殺南宋遺民詩之價值，是不能眞知南宋遺民詩之眞義也。蓋南宋遺民詩之最高藝術境界，已不應在詩人之詞句間尋求，而必須在詩人所表現之操守上挹取。誠如嚴思紋《宋詩研究》所言「宋末遺民，搦管傾吐的，固然是詩，但他們表現血忱的事實，更是一首無可評價的行爲的詩。」宋詩演變至此，不獨能以高蹈激昂之詩風，一掃四靈、江湖以來庸音雜響之病，而遺民詩人凜然剛強之氣，透過其詩筆，更傳達出漢民族堅韌卓絕之個性，亦爲千秋萬世抵抗異族暴力樹立不朽之楷模，昭昭志潔，令人稱誦，此吾研究動機之二。

　　至於研究方法，除從時代背景去探索有宋遺民特多之原因外，吾亦試舉數位於志節方面較突出，且有較多詩作傳世，足資研究之大

家，依其生平傳略、作品分析、集評等三方面分論，期能於個別詩人
之研究當中，歸納南宋遺民詩之特色，並予以評價。至於未能細論之
遺民詩人，則於中篇末附錄南宋遺民詩人一覽表，藉以一窺南宋遺民
詩人之整體概況。

上篇　緒　論

第一章　前　言

　　南宋高宗紹興十二年（西元 1142 年），宋金和議達成，結束南宋偏安江左後之混亂局面，社會重趨富庶繁華。在此暫時安定之時局下，朝野上下，漸漸忘却靖康國恥，重拾起往日酣歌醉舞之生活。周密《武林舊事》序曰：

> 乾道，淳熙間，三朝授受，兩宮奉親，古昔所無，一時聲
> 名文物之盛，號小元祐。

值此承平安泰之際，雖不乏有識之士，深體國勢之陵夷，民風之偷薄，而大聲疾呼，然終究爲當日絃管之聲所掩。文及翁賀新郎詞所曰：「渡江來，百年歌舞，百年酣醉。」（游西湖有感）誠可謂彼時淫侈生活之最佳寫照。其反映在文學上，是雕章琢句之追求，完美形式之講求，及眞實內容之漠視。觀此期詩壇上先後出現之四靈、江湖兩派，無非「掇拾風煙，組織花鳥」之類，所作詩「非山林枯槁之濫調，即纖鎖尖薄之雜響」，〔註1〕誠如南宋國勢之頹弱般，充其量但在點綴詩壇之寂寞而已。

　　迨蒙古人大舉入侵，陸秀夫負帝昺投海，而南宋之亡始，詩人方才自紙醉金迷中甦醒，國亡家破之痛，鞭撻詩人多感之靈魂，屈辱仇

〔註 1〕引自李曰剛〈晚宋義民之血淚詩〉，載於《中華文化復興月刊》第七
　　　　卷第二期。

恨，點燃起民族怒火，於是志士仁人之心聲，變而爲孤臣孽子之血淚，激切悲壯，眞情實感，一掃江西詩派摸擬、剽竊與四靈「破碎尖酸」〔註2〕、江湖「猥雜鸋俚」〔註3〕之病。或有謂「亡國之音哀以思」，然此期詩人之凜然氣節，已足與日月同輝，山河共壽，爲南宋末期詩壇重燃希望之火。全祖望宋詩紀事序曰：

> 及宋亡，而方（方鳳）、謝（謝翱）之徒，相率爲迫苦之音，詩又一變。

宋詩演變至此，風格乃爲之大變，此期詩人，即兩宋詩壇上之最後流派——遺民詩人。

壹、「遺民」之名義

「遺民」二字，其義究何所指，爲免含混不清之病，茲詮釋於后，以明確主題：

一、就廣義而言

「遺民」一詞，早著見於先秦典籍，蓋皆泛指國族覆亡後，所遺留未盡殄滅之戰敗國子民而言。試觀《左傳》、《孟子》所載：

> 衛之遺民，男女七百有三十人。（《左傳·閔公二年》）
>
> 其有陶唐氏之遺民乎？（《左傳·襄公二十九年》）
>
> 猶有先王之遺民焉？（同上）
>
> 雲漢之詩曰：「周餘黎民，靡有孑遺」，信斯言也，是周無遺民也。（《孟子·萬章上》）

皆屬此義。下迨司馬遷《史記》、陳壽《三國志》亦沿襲此說：

> 成王既遷殷遺民。（《史記·周本紀》）
>
> （季札）曰：「美哉！思而不貳，怨而不言，其周德之衰乎：

〔註2〕 參見《四庫全書總要提要》卷一六二，《集部別·集類》一五，宋徐照芳蘭軒集題下。

〔註3〕 同上書卷二六四，《集部別·集類》一七，宋樂雷發雪磯叢稿五卷題下。

　　猶有先王之遺民也。」(《史記·吳太伯世家》)

　　(張) 固率將十餘吏卒，依昭往止，招集遺民，安復社稷。
(《三國志·魏書·管寧傳》)

可知舉凡先朝殘存之百姓，皆可稱爲遺民。

二、就狹義而言

　　自孔子讚美伯夷、叔齊二位逸民之「不降其志、不辱其身」，〔註4〕
至范曄《後漢書》特立〈逸民〉一章，以爲萌蓬、周黨等〔註5〕不仕新
朝之高潔人品作傳；再至《宋書·隱逸傳》備載陶潛「不復肯仕」、「自
永初以來，唯云甲子而已。」〔註6〕之高風亮節，逸民之操守，已儼然
成爲朝代更迭，政權轉移下人品特出之表徵。下至南宋，張慶之自撰《海
峰遺民傳》，且以伯夷、叔齊自喩，〔註7〕何德學稱許南宋遺民留東，
亦以「身元心宋，爲古逸民」命之，〔註8〕此外，汪炎昶、陳壽等南宋
遺民，也以逸民自稱等等，可知逸民、遺民至南宋已相混而用，而逸民
「不降其志、不辱其身」之超逸節行，遂成爲狹義遺民一詞之內涵，專
指一些國亡不仕新主之志士遺老。本論文所述之「南宋遺民」，即就狹
義遺民而言。

貳、南宋遺民詩人之界定

　　本論文，既以南宋遺民詩爲研究主體。故首當對南宋遺民詩人做
一界定。

　　蒙古原乃散居塞外沙漠之一族，精騎善射，強悍勇武，遊牧爲其

〔註4〕《論語·微子篇》：「逸民，伯夷，叔齊……」《集解》：「逸，遺逸，
　　　　民者，無位稱。逸民者，節行操逸也。」《論語·堯曰篇》：「擧逸民。」
　　　　《正義》：「節行超逸之民，隱居未仕，則擧用之。」
〔註5〕二人行誼可參見《後漢書》卷八三，〈逸民列傳〉第七三，鼎文版，
　　　　頁2760～2761。
〔註6〕參見《晉書》卷九四，〈列傳第六四·隱逸傳〉，鼎文版，頁2460。
〔註7〕參見萬斯同《宋季忠義錄》卷一五。
〔註8〕同前註。

傳統生活方式，宋時由各部落聯合而成一強大之部落聯盟。十三世紀初，成吉思汗吞併大漠南北諸部族，提兵南下，一舉侵奪黃河以北之金國屬地，再乘勝追擊，席捲中亞細亞諸國，以至歐洲，以攻無不勝之姿態，奠定元帝國之基礎，亦自此種下彼覬覦南方沃土之野心。窩闊臺之滅金，雖爲南宋除去心頭大患，然元亦由此正式代金而起，成爲南宋之強敵。其間，積弱不振之南宋朝廷，每以稱臣納幣，妥協求和等綏靖政策以圖苟延殘喘，直至元世祖忽必略之大舉南侵，加以奸相權臣之誤國害民，終於導致恭帝德祐二年（西元 1276 年）臨安之失陷，幼主之稱降。忠義之士，既不甘淪爲異族子民，乃另立新主，與元人作殊死戰，至厓山一役，於義軍潰敗之餘，陸秀夫有感於國勢茫茫，恢復無望，遂負帝昺投海以終，乃結束南宋一百五十餘年之國運，時當帝昺祥興二年（西元 1279 年）。是以自西元 1279 年南宋覆滅，尚殘存於元鐵蹄下之大宋子民，咸得稱爲廣義之遺民，而於此眾遺民中，自始至終，不與元帝國妥協，或積極抗元，慷慨赴國難者；或消極避世，不與元朝相接融者，皆屬狹義遺民，亦即本論文所述遺民之列。而舉凡於南宋淪亡後，不屈膝降服新政權之遺民，以詩歌表彰其抗元之志節，不論其態度爲積極抑或消極，皆得稱爲南宋遺民詩人。對此可參考本論文中篇所收錄南宋遺民詩人一覽表，以一窺其梗概。惟當有必要辨明者爲：文天祥究竟可否稱爲遺民詩人：此點頗多爭議，一般坊間所見有關宋詩之作，皆將之納入遺民詩人之列，且爲代表作家，如嚴恩紋之《宋詩研究》、梁昆之《宋詩派別論》、張敬文之《中國詩歌史》與《唐宋詩詞研究》、胡雲翼之《宋詩研究》、呂思勉之《宋代文學》、日人吉川幸次郎之《宋詩概說》等等。唯劉大杰之《中國文學發展史》則不採此說，甚且認爲文天祥不可視爲遺民，其意以爲：

> 我們讀他（文天祥）的古體〈正氣歌〉、〈過原作〉、〈過零丁洋〉諸篇，表現他的光輝品格。「人生自古誰無死，留取丹心照汗青」是何等壯烈，他是爲國犧牲的烈士，不可作遺民。

〔註9〕
又東吳大學王偉勇之碩士論文《南宋遺民詞初探》，於首章緒論，開宗明義亦言及其所統稱之南宋遺民，乃「指南宋陸秀夫負帝投海，文天祥從容就義後，受元廷統治而不與之合作之宋人。」等，二者皆將文天祥擯於南宋遺民之外。筆者參諸眾說，以為南宋朝雖自幼主恭帝稱降，國勢凌夷至不可為，然端宗帝是、衛王帝昺，仍屬趙氏天子命脈。忠義之士，眼見國家不可一日無主，遂別立此二王，藉圖恢復，究其心意，但因不忍胡元入居正統。誠如文天祥於元相博羅問答中言曰：

> （天祥曰）：「德祐吾君也，不幸而失國，當此之時，社稷為重，君為輕。吾別立君，為宗廟社稷計，所以為忠臣也。從懷愍而北者非忠，從元帝為忠，從徽欽而北者非忠，從高宗為忠。」博羅語塞，平章皆笑。一人忽出來曰：「晉元帝、宋高宗皆有歷，二王何所受命？」張平章曰：「二王是逃走底人，立得不正，是篡也。」予曰：「景炎皇帝（端宗帝昺），乃度宗皇帝長子，德祐皇帝之親兄，如何是不正，登極於德祐已去天位之後，如何是篡，陳丞相奉二王出宮，具有太皇太后分付言語，如何是無所受命。」〔註10〕

雖此小朝廷，自始至終岌岌可危，然南宋因得延續數年命脈不衰，直至帝昺之投海方告終，是以宋亡當始自此年，即帝昺祥興二年（西元1279年）之二月初六，而天祥此年，正被拘禁於元營，於元帝國統治下視息人間三年，始以不屈赴義，是以依前南宋遺民之定義而言，文天祥可以與於遺民詩人之列，實毋庸置疑。

〔註 9〕 參見劉大杰《中國文學發展史》，第廿一章宋代的詩，第六小節遺民詩，頁693。
〔註10〕 參見《文山全集》卷一七〈宋少保右丞相兼樞密使信國公文山先生紀年錄〉，頁462，世界版。

第二章　南宋遺民詩之時代背景

　　各種文學作品之形成與時代背景或多或少皆有所關，南宋遺民之產生，既然係由於時代以促成，則南宋遺民詩之形成與時代背景之關繫尤屬密切。本章即就政治環境、社會習尚、學術風氣三方面分論南宋遺民詩之時代背景。

壹、政治環境

　　政治之於文學，或關係其盛衰，或影響其內容。遺民詩之時代，正值南宋覆滅、胡元統治中原之際，故探究有宋淪亡之因，誠研究南宋遺民詩之首要步驟。

　　自古以來，國家之命脈，即全然繫乎國君與朝相之手，苟一朝之帝賢臣忠，則政治昇平、社會富庶，人民樂利安居；苟一國之君懦相昏，則終不免導致社稷傾覆，乃至於人民流離失守之困局，觀南宋之敗亡，即緣起於此，茲論述于后：

一、君多庸儒

　　南宋自高宗偏安江左以降，國勢始終積弱不振，更歷八帝，除孝宗聰明英毅，志存匡復，不忘武備，致金國無隙可乘，南北相安一時，

「卓然爲南渡諸帝之稱首」外，〔註1〕其餘諸帝，大抵皆庸懦無能。

高宗即位之初，承靖康大亂之後，斥和主戰之聲勢漫朝野。加以其時相有李綱、趙鼎；將有張浚、韓世忠、劉錡、岳飛等，苟能一鼓作氣，何患不能收復故土，迎回二主。然高宗既躡於敵威，復登大寶，爲保帝位，唯屈意求和，故與奸相秦檜狼狽爲奸，斥忠賢，殺良將，終致坐失反攻事機。其後，甚且聽任秦檜擅權弄政十有八年，《宋史》卷三八三〈虞允文傳〉曰：

> 允文言曰：「自古人主大權，不移於姦臣，則落於近倖。秦檜盜權十有八年，檜死，權歸陛下。」

高宗貴爲一朝之尊，尚且聽任秦檜肆意攬權，其無能膽懦足以見之。

光宗受禪於孝宗，即位之初，尚「總權綱，屏嬖妾，薄賦緩刑，見於紹熙初政，宜若可取。」〔註2〕然終受制於悍后之手，「內不能制，驚憂致疾，自是政治日昏，孝養日怠。」〔註3〕父病不視疾，父死不成服，誠可謂忤逆子也。趙擴繼立，是爲寧宗，是非不明，善惡不分，非惟罷斥朱熹、呂祖謙等正學，斥爲僞學，且任用奸佞韓侂冑爲相，任其擅啓邊釁，一時小人得勢，賢臣黜退，朝紀敗壞至極，以致喪師失地，稱臣納幣乞和，國體威信淪喪殆盡。史彌遠繼相，矯詔立貴誠爲帝，是爲理宗，南宋覆滅之象、至此愈顯。

理宗潔修好學，材屬中資，爲政之初，因德史彌遠擁立之功，故任其專恣，「雖臺諫言其姦惡，弗恤也。」〔註4〕頹風所及，史嵩之、丁大全等奸佞，繼史彌遠而爲理宗心腹，值此朝中小人當道，賢人盡隱之際，賈似道復乘勢獨攬大權，最爲理宗所親信。彼時，雖亦有忠諫直士如謝枋得、王應麟等極言賈似道「權姦擅國，天心怒，地氣變，民心離，人才壞，國有亡證。」〔註5〕然理宗始終執迷不悟，致兵禍

〔註1〕參見《宋史》卷三五，〈孝宗本紀〉。
〔註2〕參《宋史》卷三六，〈光宗本紀〉。
〔註3〕同註2。
〔註4〕參見《宋史》卷四一四〈史彌遠傳〉。
〔註5〕參見《續資治通鑑》卷一七七。

連結，疆土日蹙，政治大壞。茲試舉一事以見理宗之不才：

開慶元年（西元 1259 年），元將忽必略大舉圍鄂，賈似道無計可施，遂遣使乞和，適巧元憲宗卒，忽必略為爭帝位，引兵而還，賈似道因匿其和議納幣之事，反奏以諸路大捷，理宗不察，信以為真，竟下詔讚曰：

> 吾股肱之臣，任此旬宣之奇，隱然珍敵，奮不顧身，吾民
> 賴之以更生，王室有同於再造。〔註6〕

理宗在政治上之昏瞶，於此可見。莫怪史書直言其為「嗜慾貪多，怠於政治」〔註7〕、「置邊事不問」〔註8〕之君主。

理宗無嗣，立母弟嗣榮王子禥為帝，是為度宗。然荒於酒色，怠於政事，較理宗尤有過之。《宋史》卷四七四〈賈似道傳〉曰：

> 理宗崩，度宗又其所立，每朝必答拜，稱之曰：「帝臣」而
> 不名，朝臣皆稱為「周公」。……入朝不拜，朝退，帝必起，
> 避席，目送之出殿，始坐。

又《宋季三朝政要》卷四載曰：

> （度宗）耽於酒色，賈似道以策立功制國命，上拱手而已。

觀度宗既無視於賈似道之匿和報功，尚且悉委政柄，禮遇有加，尊之曰帝臣，授之以國政，致兵喪於外不敢報，民怨於下不敢言，天下安危而人主不知，國家利害而群臣不曉，國家於此所託非人之情況下，如風中殘燭，岌岌可危。故史讚曰：

> 宋至理宗，疆宇日蹙，賈似道執國命。度宗繼統，雖無大
> 失德，而拱手權奸，衰敗寖甚。〔註9〕

而王夫之亦嘗直斥度宗之誤國云：

> 宋迄理宗之末造，其亡必矣。然使嗣立之主，憤恥自彊，
> 固結眾志，即如劉繼元之乘堅守，屢功而不下，猶有待

〔註6〕參見《續資治通鑑》卷一七六。
〔註7〕參見《宋史》卷四五〈理宗本紀〉。
〔註8〕參見《續資治通鑑》卷一六四。
〔註9〕參見《宋史》卷四六，〈度宗本紀〉。

也。抑不能然，跳身而出，收潰散之卒，勉以忠義，如符
登之誓死以搏姚萇，身雖死，國雖亡，猶足為中原存生人
之氣，而偷一日之安富，懷擁立之私恩，委國以授之權姦，
至於降席稽顙，恬不知祚，而後趙氏之宗祊瓦解灰飛，莫
之能挽。〔註10〕

南宋即在度宗「拱手權奸」、「委國以授之權姦」之下，向元伏首稱降。

　　幼主恭帝出降，一二有志之士，不忍坐視國祚自此斷滅，以國家
不能一日無主，立帝昰於福州，是為端宗。及天祥空坑大敗，為元所
獲，端宗於走井澳（在香山縣南橫琴島）途中，颶風大作，舟敗幾溺，
因驚悸成疾而崩。陸秀夫奉帝昺繼立，改元祥興，播遷海島厓山，然
以國土盡失、兵殆甲瓦之故，蹈海以終，南宋遂亡。

　　綜觀南宋之敗亡，「悉由誤用權奸」〔註11〕之故，而權奸之誤用，
則在於國君庸懦昏昧有以致之也。

二、權相誤國

　　南宋諸相，擅權最甚者，莫若秦檜、史彌遠、賈似道，〔註12〕
彼輩誤國害民，終於斷送南宋朝百五十餘年之命脈。茲舉史書所載，
以觀彼欺國惑君之罪行：

　　秦檜本降於金，出仕偽職，《宋史紀事本》末紀曰：

　　　初，檜從二帝（徽、欽）至燕，金主以檜賜撻懶，為其任
　　　用，撻懶信之。及南侵，以為參謀軍事，又以為隨軍轉運
　　　使。〔註13〕

是秦檜已投降金國。故其當政，則專一求和不戰矣。秦檜既主政求和，
則凡主戰反和者，誓必除之，此岳飛之所以必死無疑也。《宋史》卷
四七三〈秦檜傳〉曰：

　　　檜兩據相位，凡十九年，劫制君父，包藏禍心，倡和誤國，

〔註10〕見《宋論》卷一五，頁256。
〔註11〕參見《續資治通鑑》卷一八三。
〔註12〕參見方豪著《宋史》，第四章第一節，頁219。
〔註13〕參見《宋史紀事本》末卷七二，〈秦檜主和〉。

　　　　忘雛敦倫。一時忠臣良將，誅鋤略盡，其頑頓無恥者，率
　　　　爲檜用，爭以誣陷善類爲功。……察事之卒，布滿京城，
　　　　小涉譏議，即捕治，中以深文，又陰結內侍及醫師王繼先，
　　　　伺上動靜，郡國事惟申者，無一至上前者。

自是忠良死而正氣銷，和議成而國土蹙，正所謂天地閉，賢人隱之時
歟：

　　史彌遠歷相寧宗、理宗二朝，凡廿有六年。《宋史》卷四一四〈史
彌遠傳〉曰：

　　　　彌遠既誅韓侂胄，相寧宗十有七年。迨寧宗崩，廢齊王，
　　　　非寧宗意，立理宗，又獨相九年，擅用事，專任險小。

又《宋史》卷四〇六〈洪蘷傳〉曰：

　　　　彌遠死，帝始親政。

又四七三〈眞德秀傳〉曰：

　　　　彌遠卒，上親政。

又同卷〈魏了翁傳〉曰：

　　　　彌遠卒，上親庶政。

是史彌遠一如秦檜，攬權擅政，任用奸小，然誠如《廿二史箚記》所
曰：

　　　　彌遠相寧宗十有九年，相理宗又九年，其握權既久於檜，
　　　　檜僅殺岳飛、竄趙鼎等，彌遠則擅廢寧宗所建皇子，而別
　　　　立嗣君，其無君之罪，甚更於檜，乃及身既少詬詈，死後
　　　　又不列奸邪，則以檜讐視正人，翦除異己，爲眾怨所叢，
　　　　而彌遠則肆毒於善類者較輕，遂無訾之者，然則彌遠之詬，
　　　　豈不更甚於檜哉？〔註14〕

秦檜之惡，人所共知，而彌遠之詬，則勝乎檜，彌遠之奸邪，自不待
言而可知矣！

　　秦檜、史彌遠皆善於運用權勢，排除異己，樹立黨羽，然「檜主
和議，彌遠結蒙古，尚各有其政策，莫若賈似道則直以國事爲兒戲」，

―――――――――――――――

〔註14〕參見趙翼《廿二史箚記》卷二六，〈秦檜史彌遠之攬權〉。

〔註15〕是賈似道堪可謂愚昧之極首。

　　賈似道賴「其姊入宮，有寵於理宗」〔註16〕而竊位弄權，後以匿和報捷深獲理宗信任，至度宗朝，寵渥愈優，威隆日熾，致賈似道驕縱無度，動輒以去位要挾度宗。度宗苟識大體，當力斥罪奸，另覓良相，奈何度宗依賴成性，但以「師相豈可一日離左右」〔註17〕之語多方慰留，終使賈似道因目中無人，日益囂張跋扈，而種下亡國之禍因。始則竊弄威福，排除異己，史載曰：

>　　賈似道平章軍國重事魏國公，葉夢鼎爲右丞相，時似道專政，夢鼎充位而已。似道一月三赴經筵，三日一朝，赴中書堂治事。上初政，一委大臣，似道自專，上稱之曰「師臣」，通國稱之曰「師相」，曰「元老」。居西湖葛嶺賜第，五日一乘湖船入朝，不赴都堂吏事；吏報文書就第呈署，宰臣執事紙尾而已。……凡臺諫彈劾，諸司薦辟學削，及京尹浙漕處斷公事，非關白不敢自擅，在朝之士忤意者，輒斥去。〔註18〕

由於賈似道之恃寵自專，一時之名臣如江萬里，馬廷鸞、文天祥等忠臣賢士，或黜或退，賢仁君子，不得安於朝廷之上，致滿朝文武莫非奸小。

　　次則利誘籠絡，盡樹黨羽，《宋史》卷四七四〈賈似道傳〉曰：

>　　似道專恣日甚，畏人議己，務以權術駕馭上下，以官爵牢籠一時名士，以故言路斷絕，威福肆行，相視以目。

周密《癸辛雜識》亦曰：

>　　賈似道作相，度其不可以力勝，遂以術籠絡，每重其恩數，豐其餼給，增撥學田，種種加厚。於是諸生啖其利而畏其威，雖目擊似道其罪，而喋不敢發一語。……無一人敢少指其非。〔註19〕

〔註15〕同 13。
〔註16〕參見《宋史》卷四七四〈賈似道傳〉。
〔註17〕參見《續資治通鑑》卷一八○。
〔註18〕參見《宋季三朝政要》卷四。
〔註19〕參見《周密癸辛雜識後集・三學之橫條》。

賈似道大權在握，或威脅，或利誘，南宋朝局所呈現者，誠如《續資治通鑑》所述：

> 正人端士，斥罷殆盡，吏爭納賂求美職，圖爲師閫、監司、郡守者，貢獻不可勝計，一時貪風大肆，兵喪於外，匿不以聞，民怨於下，誅責無藝，莫敢言者。〔註20〕

故雖強敵蒙古業已壓境，兵臨城危之際，臨安君臣依舊享樂不休，笙歌不斷。

除此，妬賢忌功，以致邊防將領之降元，亦賈似道一手所導致。如劉整、呂文煥之叛降即是。劉整，沉毅多智，善騎射，有賽存孝之稱，賈似道當國，奉命守瀘州，元兵來犯，劉整以不得朝廷信任，反誣爲逆，遂憤而降元。〔註21〕又襄陽守將呂文煥，死守襄陽五年，彈盡糧絕，教援不至，始以城稱降。〔註22〕此二人，皆具將材，守要地，彼之降元，要地失而門戶開，「蒙古由是盡得國事虛實」〔註23〕南宋之亡，且夕間耳。近人王止峻曰：

> 爲淵驅魚，爲叢驅雀，爲元驅將叛降者，賈似道也。降將可原，賈似道之驅降不可原，豈僅驅降不可原，且跡其蒙上罔下，妬賢害能之惡，是眞宋之奸逆叛臣也。〔註24〕

南宋之亡，權奸難辭其咎，而賈似道之輕重不分，功過不明，致諸將叛離，邊防盡失，實罪之尤者，國家前途於此「主既昏庸，臣亦狂謬」〔註25〕之前提下，焉有不亡之理？

貳、社會習尚

南宋之亡，除政治上之弊端，導致內部政局杌隉不安外，社會風

〔註20〕參見《續資治通鑑》卷一七八。
〔註21〕參見《元史》卷一六一，列傳第四八〈劉整傳〉。
〔註22〕同前註。
〔註23〕同6。
〔註24〕參見王止峻談〈南宋之亡〉一文，載於《醒獅》一二卷一至六期。
〔註25〕參見趙翼《廿二史箚記》卷二六〈秦檜、史彌遠之攬權〉。

氣之奢華頹靡，舉國上下之縱逸享樂，亦爲主要原因，茲就其時之社會環境，論述於后：

南宋自高宗即位，改元建炎，至帝昺蹈海以終，凡百五十餘年，隨著政治局勢之動盪起伏，社會環境亦安危不定，大致可分爲三階段：

自建炎元年（西元 1127 年）徽、欽二帝被擄，至紹興十二年（西元 1142 年）宋金和議達成，爲社會殘破敗壞時期。

宋室南渡，承靖康大亂之後，州縣殘破，民生凋敝，散兵潰卒，相聚爲盜，所在蕭然。《宋史》卷三五八〈李綱傳〉曰：

> 是時（建炎元年），四方潰兵爲盜者十餘萬人，攻刳山東、淮南、襄漢之間。

又《三朝北盟會編》引維揚巡幸記曰：

> 建炎之後，所在調發。……夫何倉卒之際，靡有統率，盡爲棄甲曳兵之人。及主帥挺身渡江，此曹往往相率爲盜。……當是時，橫行恣意，無敢誰何者，惟兵爲最豪悍。城市貨賣，或至強持去，得不瞋恚，以爲幸矣。〔註26〕

又〈建炎以來繫年要錄〉卷二○亦載曰：

> 沭陽之潰（建炎三年正月，韓世忠爲金人敗於沭陽），（陸）遠聚卒得數百人，擾於淮河之南北，及是至楚州城下，漸有眾數千，當時淮南號爲悍賊。

盜賊蠭起，擾攘不安，加以饑饉，無所資食，致州縣益疲，民用日乏，社會衰敝至極。

斯時，金人挾擄持徽欽二帝之餘威，復乘勢舉兵南下，然以宋室南渡之初，軍隊率多烏合，不習戰陣：

> 竊觀近措置防守大江之策，戶點一丁，五丁點二，使自備糧糗器械，而蠲其稅賦。烏合之眾，素不諳戰陣，一旦有風塵之警，則鳥驚魚潰之不暇，尚能安心而用命乎？〔註27〕

故金兵所至，宋軍望風而潰。百姓處於盜賊剽掠、連結戰禍之下，橫

〔註26〕參見《三朝北明會編》卷一二一。
〔註27〕參見《建炎以來繫年要錄》卷二二，〈建炎三年四月張燾語〉。

遭顛沛流離之苦，自不待言。美夔於〈揚州慢〉詞序言及戰後社會之
蕭條曰：

> 淳熙丙申（南宋孝宗三年，西元1176年）至日，余過維揚。
> 夜雪初霽，薺麥彌望。入其城，則四顧蕭條，寒水自碧，
> 暮色漸起，戍角悲吟。〔註28〕

社會既凋敝如此，民生又焉得不困瘁？《建炎以來繫年要錄》記曰：

> 民墜塗炭，無甚於今日。發掘邱墓，焚燒屋廬，六親不能
> 相保。〔註29〕

又曰：

> 比來巡幸所過，觀之道旁里縣之民，一切空盡以避兵。率
> 甚者，田疇荒萊，室廬破毀。生聚不保，滿目蕭條。〔註30〕

是可見直至宋金和議以前，社會擾攘不安之一斑耳。

自岳飛被殺，宋金和議達成，至理宗端平二年（西元1235年）
蒙古正式侵蜀，屬偏安小康之時期。

高宗既定鄉臨安，遣使乞和，與金人約以淮水、大散關爲界，納
銀納絹，稱臣稱姪，國格喪盡，無非意圖偏安。

江南本富庶之域、華美之鄉，歐陽修有〈美堂記〉曰：

> 錢塘自五代時，知尊中國，效臣順。及其亡也，頓首請服，
> 不煩干戈。今其民幸富完安樂，又其俗習工巧，邑屋華麗，
> 蓋十餘萬家，環以湖山，左右映帶。而閩商海賈，風帆浪
> 舶，出入於浩渺煙雲杳靄之間，可謂盛矣。〔註31〕

又蘇軾〈表忠觀碑〉亦云：

> 天下大亂，豪傑蜂起。方是時，以數州之地盜名字者，不
> 可勝數，既覆其族，延及于無辜之民，周有孑遺。而吳越
> 地方千里，帶里十萬，鑄山煮海，象犀珠玉之富，甲於天

〔註28〕參見唐圭璋編《全宋詞》，頁2180，明倫出版社。
〔註29〕參見《建炎以來繫年要錄》卷三四，〈建炎四年六月知臨安府李陵入對〉。
〔註30〕參見《三朝北盟會編》卷一五三，〈紹興二年十月劉蕂上書論當時民
　　　　生〉。
〔註31〕參見《歐陽修全集》卷二。

下。……民至於老死不識兵革，四時嬉遊，歌鼓之聲相聞。
〔註32〕

是宋未南渡之前，自唐以至五代，臨安（杭州，以下皆以杭州稱之）
一帶業已十分繁華。迨高宗南渡，定都於此，中原衣冠貴族、文人學
士、富商巨賈等紛紛南來，趙翼《陔餘叢考》記曰：

> 宋南渡時，凡世家之官於朝者多從行，如韓肖冑、侂冑，
> 皆琦之曾孫也。王倫，旦之裔孫也。呂本中、祖謙、祖儉、
> 祖泰，皆公著後也。常同，安民之子也。晏敦復，殊之後
> 也。……〔註33〕

又〈宋會要稿〉：

> 臨安府自屢經兵燹之後，戶口所存，十止二三，而西北之
> 人，以駐蹕之地，輻輳駢集，數位土著，今之富士大賈，
> 往往而是。〔註34〕

中原士民扶攜南渡，杭州頓時成爲十三世紀人口最密集之市區。〔註35〕
一如耐得翁《都城紀勝》所述：

> 今中興行都已百餘年，其戶口蕃息，近百餘萬家。城之南
> 西北三處，各數十里。人煙生聚，市井坊陌，數日經行不
> 盡。

人口滙集，自不免帶動商業之發展，社會經濟因之蓬勃興盛，是以耐
得翁《都城紀勝》序曰：

> 自高宗駐蹕於杭，杭山明水秀，民物殷阜，其視都城（指
> 汴京）且十倍矣。……然中興已百餘年，列聖相承，太平
> 日久，前後經營至矣。輻輳集矣，其與中興時，又過十數
> 倍矣。

與南渡初期相較，境況已大爲不同。彼時之杭州，已不獨爲政治文化，

〔註32〕參見《蘇東坡全集》，後集卷一二。
〔註33〕參見《趙翼陔餘叢考》卷一八，〈宋南渡世家多從行條〉。
〔註34〕此紹興廿六年月，起居舍人凌景夏言，引自陳登原《國史舊聞》卷
三九。
〔註35〕參見法人 Jocgues Gernet 著，馬德程譯《南宋社會生活史》，第一章
第一節，頁6。

甚且為經濟之中心，其繁華富庶較諸當年之汴京，實有過之，於是，都市人民之生活，日流於奢侈，風俗亦日趨於宴遊無度。

宋人筆記及詩集中，有關南宋都會生活之專著頗多，重要者如吳自牧《夢梁錄》、耐得翁《都城紀勝》、周密《武林舊事》等，其內容，上至郊廟宮殿、城池苑囿之富；下至四時習俗、百山雜戲之事，無不畢載，今試徵引杭城百姓節期宴遊之事數則，以見當時社會繁華景況：

《夢梁錄》卷一正月條：

> 正月朔日，謂之元旦，俗呼為新年。一歲節序，此為之首。官放公私僦屋錢三日，士大夫皆交相賀，細民男女，亦皆鮮服往來拜節。……不論貧富，遊玩琳宮梵宇，竟日不絕，家家飲宴，笑語喧譁。

《武林舊事》卷二元夕條：

> 終夕天街鼓吹不絕，都民士女，羅綺如雲，蓋無不夕然也。

《夢梁錄》卷二清明節條：

> 宴于郊者，則就名園芳圃，奇花異木之處；宴于湖者，則綵舟畫舫，欸欸撐駕，隨處行樂。此日又有龍舟可觀，都人不論貧富，傾城而出，笙歌鼎沸，鼓吹喧天。

《武林舊事》卷三中秋條：

> 御街如絨線、蜜煎、香鋪，皆鋪設貨物，誇多競好，謂之「歇眼」。燈燭華燦，竟夕乃止。此夕浙江放一點紅羊皮小水燈數十萬盞，浮滿水面，爛如繁星。

大抵都市人民，皆喜宴遊，故舉凡元旦、元宵、清明、端午、七夕、中秋……等等一年中之大小節期，是皆遊宴之時。家家飲宴遊樂，窮極奢華，世風之縱逸享樂足見。

江南山明水秀，杭州西湖，又為天下勝景，所謂「朝、昏、晴、雨，四序總宜」，〔註36〕是以一年四季，杭人都喜遊玩其中，《武林舊事》載曰：

> 杭人亦無時而不遊，而春遊特盛焉。承平時頭船如大綠、

〔註36〕參見周密《武林舊事》卷三，〈西湖遊幸條〉。

> 閒綠、十樣錦、百花寶、勝明玉之類，何翅百餘？其次則
> 不計其數，皆華麗雅靚，誇其競好。〔註37〕

單就供人遊玩之湖船，已繁華至此，杭城居民極盡宴遊之能事自見。
是以西湖有「銷金窩兒」之稱。

> 西湖之競，盛於有唐。至宋南渡建都，遊人仕女，畫舫笙
> 歌，日費千金，時人目爲銷金窩。〔註38〕

觀前所述，雖僅杭城都會生活之一端，然朝野上下之徵逐聲伎，無復
振作之氣具已表露無遺。浸淫而往，民俗日益澆薄，士習轉趨偷惰。
《西湖遊覽志餘》曰：

> 杭民尚淫奢，男子誠厚者十不二三，婦人則多以口腹爲事，
> 不習女工，日用飲膳，惟尚新出，而價貴者，稍賤便鄙之，
> 縱欲買啗，又恐貽笑鄰里而止。〔註39〕

又袁燮《絜齋集》亦曰：

> 紹熙二年五月，除國子監主簿，面對言，「自古人君，莫不
> 因其所遭之時，而觀天下之動，今以東南凋瘵之民，奉王
> 業于一隅，事體日開，國力遂屈，宴安江沱，崇飾華靡，
> 風俗日以浮薄，士大夫日以偷惰。」〔註40〕

在此情形之下，北都滅亡之慘痛，徽欽被擄之大辱，賠款稱姪之可恥，
仍至國勢傾覆之危急，俱已拋諸腦後。《西湖遊覽志餘》曰：

> 紹興、淳熙之間，頗稱康裕，君相縱逸，耽樂湖山，無復
> 新亭之淚。士人林升者，題一絕於旅邸云：「山外青山樓外
> 樓，西湖歌舞幾時休？暖風薰得遊人醉，便把杭作汴州。」
>
> 〔註41〕

是詩誠此偏安時期，社會生活之具體寫照，亦無怪乎文及翁於〈賀新
郎〉詞中感慨言之曰：

〔註37〕同前註。
〔註38〕參見馮金伯《詞苑萃編》卷一三。
〔註39〕參見田汝成《西湖遊覽志餘》卷六，〈版蕩淒涼條〉。
〔註40〕參見袁燮《絜齋集》卷一三，〈龍圖格學士通奉大夫尚書黃公度行
　　　　狀〉。
〔註41〕參見田汝成《西湖遊覽志餘》卷二，〈帝王都會條〉。

一勺西湖水。渡江來，百年歌舞，百年酣醉。回首洛陽花
世界，煙渺黍離之地。更不復、新亭墜淚。簇樂紅妝搖畫
艇，問中流、擊楫誰人是。千古恨，幾時洗。　　余生自
負澄清志。更有誰、磻溪未遇，傅巖未起。國事如今誰倚
仗，衣帶一江而已。便都道、江神堪恃。借問孤山林處士，
但掉頭笑指梅花蕊。天下事、可知矣。〔註42〕

文及翁沈痛之告白，實爲當代頹靡生活之最佳註脚，社會風氣如此腐
壞，南宋又焉得而不亡？

自理宗端平二年（西元 1235 年），至帝昺祥興二年（西元 1279
年）厓山兵敗，爲社會繼續腐敗，以至衰亡之時期。

南宋自高宗偏安江左以降，對於北方之金，大抵皆採屈辱求和之
政策。及至紹定五年（西元 1232 年），理宗應蒙古之約，會師共伐金，
並於端平元年（西元 1234 年）滅之，始洗雪宋金間數世深仇。然聯
盟滅金，並非上策。蓋一旦金亡，蒙古即帥師南下，終致襄樊失陷，
杭城傾危。

正常兵臨城危之際，權相賈似道依舊隱瞞邊情，粉飾太平，致君
臣上下，猶復醉生夢死。加以自孝宗以降，杭城承平繁盛，民人但知
嬉戲度日，致社會漸次淫侈腐化，是以一旦元兵破襄樊，隨即以破竹
之勢下杭城，致恭帝北遷，大勢遂去。

元兵入侵，百姓再遭戰火蹂躪，往昔繁華不再，代之而起的是滿
目瘡痍。方回於元世祖至元二十一年（西元 1284 年）嘗赴江州，有
感於戰爭之慘烈，社會之蕭索，因爲詩記曰：

野火燎荒原，霜雪白皜皜。牛羊無可噍，眾綠就枯槁。……
如何被兵地，黎庶不自保。高門先破碎，大屋例傾倒。間
或遇茅舍，呻吟遺稚老。常恐馬嘶響，無罪被擒討。逃奔
深谷中，又懼虎狼咬。一朝稍甦息，追胥復紛擾。微言告
者誰，勸我宿須早。人生值艱難，不如路傍草。〔註43〕

〔註42〕參見唐圭璋編《全宋詞》，頁 3138。
〔註43〕參見方回《桐江集》卷三，〈路傍草〉詩。

又：

> 三十年前此路好，來車去馬唱歌聲。旗亭沽酒家家好，驛
> 舍開花處處明。自羽霄馳四川道，青樓春接九江城。如今
> 何事無人住，移向深山說避兵。〔註44〕

此二詩寫出兵禍之慘烈，正爲亂世生靈、苛政擾民而長嘆。

胡元入主中原，予詩人以當頭棒喝，詩人們方才自風流放浪、倚
紅偎翠間甦醒。彼有感於胡騎侵凌，耳聞目見莫非胡語番腔、胡樂夷服，
於觸景生情之餘，自不免興今昔之嘆，周密即道出詩人們之心聲云：

> 至寶祐、景定，則幾於政、宜矣。予曩於故家遺老得其梗
> 概，及客脩門閒聞退璫老監談先朝舊事，輒耳諦聽，如小
> 兒觀優終日，夕不少倦。既而曳裾貴邸，耳目益廣，朝歌
> 暮嬉，酣玩歲月，意謂人生正復若此，初不省承平樂事爲
> 難遇也。及時移物換，憂患飄零，追想昔遊，殆如夢寐而
> 感慨係之矣。〔註45〕

時移世遷，往日之繁華安逸俱已煙消雲散，詩人們所歌所感，不再是
風花雪月，愁黃慘綠，而是銅駝荊棘，金盤遷徙之哀思；是社會雜亂、
國亡家破之傷痛。亡國之喪鐘，確已將詩人自流連花月之迷夢中喚
醒，而肩負起民族正氣之旗幟，爲民族精神詩教痛議疾呼矣。

參、學術風氣

考我國正史，自史記以至《明史》，廿五史之中立有〈忠義列傳〉
者，凡十二史。〔註46〕其中《宋史》十卷，固已視他史爲多，然尚多
闕而不書者，〔註47〕是知歷朝遺民志士之夥，未若有宋一代者，深究

〔註44〕同前書卷三，〈題苦竹港寓壁〉詩。
〔註45〕參見周密《武林舊事》序。
〔註46〕廿五史中建立忠義列傳者，凡一二史。其中《晉書》、《魏書》、《北
　　　史》、《舊唐書》各爲一卷（《舊唐書》又分爲上下卷），《新唐書》三
　　　卷，《新五代史》分〈死節〉、〈死事〉各一卷，《宋史》十卷。《金史》、
　　　《元史》、《新元史》各四卷，《明史》七卷。
〔註47〕可與《宋季忠義錄》、《宋史翼》互照比較，此外，尚可參見黃節〈宋

其故，彼時學術趨勢，無疑爲造就此風之主要因素。

自管仲標學「尊王攘夷」之說以降，夷夏之辨已深啓華夏子民思想意識之中。

觀《左傳‧閔公元年》所載：

戎狄豺狼，不可厭也；諸夏親暱，不可棄也。

又《詩經‧魯頌‧閟宮》：

戎狄是膺，荊舒是懲。

知異族在漢民族眼中，已與豺狼相提並論，且主張以「膺懲」之法制之，充分流露「非我族類，其心必異」之民族意識，是以一旦面臨異族壓境，於國家將造覆滅之際，春秋大義與夷夏之辨，即成爲漢民族抵抗外族入侵之最佳利器。

考唐室覆亡之主要原因，藩鎮割據當爲首要。然藩鎮肇始於節度使。趙翼《廿二史箚記》評唐節度史之禍文曰：

自高宗永徽以後，都督帶使持節者，謂之節度使。然猶未以名官。景雲二年（唐睿宗年號），以賀拔延嗣爲涼州都督，河西節度使，節度使之官由此始。然猶第統兵，而州郡自有按察等使，司其殿最。至開元中，朔方、隴右、河東、河西諸鎮，皆置節度使，每以數州爲一鎮，節度使即統此數州，州刺史盡爲其所屬，故節度使多有兼按察使、安撫使、支度使者，既有其土地，又有其人民，又有其甲兵，又有其財賦，於是方鎮之勢日強。安祿山以節度使起兵，幾覆天下，及安、史既平，武夫戰將，以功起行陣爲侯王者，皆除節度使，大者連州十數，小者猶兼三四，所屬文武官，悉自置署，未嘗請命於朝，力大勢盛，遂成尾大不掉之勢，或父死子握其兵而不肯代，或取舍由於士卒，往往自擇將吏，號爲留後，以邀命於朝。天子力不能制，則含羞忍恥，因而撫之，姑息愈盛，方鎮愈驕。其始爲朝廷患者，祇河朔三鎮，其後淄、青、淮、蔡無不據地倔強，甚至同華逼近京邑。而周智光以之反，

遺儒略論），載於《國粹學報》卷四，一一期。

澤潞亦連畿甸；而盧從史、劉禎等以之叛。迨至末年，天下
盡分裂於方鎮，而朱全忠遂以梁兵移唐祚矣！推原禍使，皆
由於節度使掌兵民之權故也。〔註48〕

是以宋祁於《新唐書・藩鎮傳》末評曰：

嗚呼！大歷、貞元守邦之術，永戒之哉？〔註49〕

下迨五代十國，亦皆唐室藩鎮之延續。彼雄霸一方，豪奢貪暴，不恤民
力，百姓深苦之，莫不思能去除藩鎮，復尊君王，一統亂局。〔註50〕
宋太祖因陳橋兵變即位，有鑒於唐末藩鎮跋扈，武臣勢強而君弱，遂行
強幹弱枝，集權中央之國策，藉以杜五季之亂源，定天子於一尊。影響
所及，「尊王」思想，隨之而成爲宋代學術之思潮。故宋學先驅孫復治
經時，首重春秋尊王思想，而有《春秋尊王發微》十卷傳世，開啓宋儒
春秋尊王思想之先河。

有宋立國，凡三一七年，然重文輕武，是以國家積弱，外患頻仍，
初有遼、夏、金等，相踵爲亂，遂致靖康之禍，徽欽二帝被擄，北宋
因以覆亡。宋室偏安江左，忍受著二帝北狩之奇恥大辱，儒生們越發
地申明春秋大義之夷夏大防。而自北宋以來，即承接孫復春秋尊王大
義，以尊王外夷說春秋之胡安國，浩費二十餘年精力以著成之《春秋
傳》，正應時代需要，而爲南渡初期遺民最佳之精神武裝。〔註51〕觀
胡銓且於紹興八年十一月上書乞斬秦檜等三人之頭以振人心，義聲動
天下；胡寅亦南渡之後，力主恢復等等，是皆文定之子弟。〔註52〕彼
一本春秋之旨，爭和議，立節義，眞可謂「義之所在，生死以之」了。
學風所及，一旦北方新興之蒙古強兵南下，大宋江山因此易主，南宋
遺民猶能秉春秋夷夏之辨，誓死不屈。觀鄭思肖《心史》所記：

〔註48〕參見趙翼《廿二史箚記》卷二〇。
〔註49〕參見《新唐書》卷八三〈方鎮傳〉註。
〔註50〕參見政大倪天蕙碩士論文，《宋儒春秋尊王思想研究》，第二章第二
　　　　節，頁39。
〔註51〕參見蔡仁厚《宋明理學・南宋篇》，第一章第一節南宋胡氏家學述略，
　　　　頁11～19。
〔註52〕同前註。

> 彼夷狄，犬羊也，非人類、非正統、非中國。(〈前臣子盟檄文〉)

> 天地忽破碎，虎狼穴吾廬。(〈勵志〉詩二首之二)

> 厥今犬羊猶貪熾，瞠目東望心如虎。(〈元韃攻日本敗北歌〉)

> 鳳凰高遁層霄外，豺虎橫行大道中。(〈無題〉詩五首之四)

除此於詩歌中嚴夷夏之分外，遺民有感於胡騎侵凌，耳聞日見莫非胡語番腔、胡樂胡服，內心之悲憤，致令彼採行各種敵對之態度以抗元，如鄭思肖「聞北語必掩耳亟走」、「坐臥不北向」；〔註53〕張舜功「居恒未嘗北面」；〔註54〕區適子謂己「操南音，安能與達魯花赤相俯仰」；〔註55〕李士華不著胡服，終身以南宋之「深衣幅巾」而「翱翔自若」，且始終以「故國之民」自居；〔註56〕鄧光薦不齒「南音漸少北音多」之現象等等，〔註57〕在在印證南宋遺民不甘於異族統治之衷心，此乃自春秋以降即根深蒂固之民族意識的具體表露。

中國歷朝向重倫常道統，而以為國之本。五代十國雖僅歷五十四年，誠如《新五代史》所述：

> 世道衰、人倫壞、而親疏之理反其常，干戈起於骨肉，異類合為父子。〔註58〕

又《宋史‧李穀傳》論曰：

> 五季為國，不四、三傳輒易姓，其臣子視事君猶傭者焉，主易則他役，習以為常。故唐方滅，即北面于晉，漢甫稱禪，已相率下拜於周矣。〔註59〕

廉恥道喪，君臣義絕，不有綱紀道統可言，更遑論忠義氣節。宋初沿其風，而對歷仕後唐、後晉、後漢、後周四代十君之長樂老人馮

〔註53〕參見萬斯同《宋季忠義錄》卷一一。
〔註54〕同前書卷一三。
〔註55〕同前書卷一五。
〔註56〕同前書卷一六。
〔註57〕唐圭璋《全宋詞》未收此詞，今據陳登原《國史舊聞》，〈宋遺民悲憤〉條轉引鄭元祐《遂昌雜錄》。
〔註58〕參見《新五代史》卷三六〈義兒傳〉題下。
〔註59〕參見《宋史》卷二六二。

道讚譽有加，觀義無反顧如石介者，尙曰：「五代大壞，瀛王救之。」
〔註60〕范質更稱誦他：「厚德稽古，宏才偉量，雖朝代遷貿，人無
間言，屹若巨山，不可轉也。」〔註61〕等，直至歐陽修撰寫《新五
代史》，才重新予以評價，謂其「無廉恥」。〔註62〕司馬光《資治通
鑑》繼起，更是大加撻伐，指爲「奸臣之尤」，〔註63〕自是理學昌
興，忠義道立。下至程頤復揭「餓死事小，失節事大」之立論，再
加上其它諸儒倡議以節義相高，以廉恥相尙之思想，理學於宋朝，
可謂獨尊一方，爲其時知識份子樹立重人品氣節之典範。觀北宋末
年，汴京失陷，二帝蒙塵，太學生徐揆赴金營見大金元帥，抗詞極
辯，遂以身殉國。〔註64〕另有吳革等密集軍民，謀襲敵營以救二帝，
事敗，殉難者百餘人，有太學生吳銖等數十人參預其事，當亦已遇
難矣。〔註65〕《宋史・忠義列傳》序曰：

> 士大夫忠義之氣，至於王季，變化殆盡。宋之初興，范質、
> 王溥猶有餘憾，況其它哉？藝祖首襃韓通，次表衞融，足
> 示意嚮。厥後西北疆場之臣、勇於死敵，往往無懼。眞、
> 仁之世，田錫、王禹稱、范仲淹、歐陽修、唐介諸賢，以
> 直言讜論倡於朝。於是中外縉紳知以名節相高，廉恥相尙，
> 盡去五季之陋矣！故靖康之變，志士投決，起而勤王，臨
> 難不屈，所在有之。及宋之亡，忠節相望，斑斑可書，匡
> 直輔翼之功，蓋非一日之積也。〔註66〕

「任何一種高貴情操或行爲的表現，一方面固然在於本身的自覺，
即上所謂志士的自勵。〔註67〕另方面亦有賴於外來的啓發，聖賢的

〔註60〕參見全祖望《鮚埼亭集外編》卷三一，〈讀石徂徠集〉。
〔註61〕參見《資治通鑑》卷五四。
〔註62〕參見《新五代史》卷五四〈雜傳〉題下。
〔註63〕參見《資治通鑑》卷二九一。
〔註64〕參見《建炎以來繫年要錄》卷一，《三朝北盟會編》卷七六。
〔註65〕參見《三朝北盟會編》卷八一，《宋史》卷四五二〈吳革傳〉。
〔註66〕參見《宋史》卷四四六。
〔註67〕參見董師金裕《正氣文選析》一書，〈廿五史忠義列傳研究〉一文，
　　　　忠義之氣所以振勵的原因第三點志士的自勵，頁9。

遺教，前賢的典範，乃經由教化的力量，以促使後來者的醒悟。」
〔註68〕學風不是憑空產生的，它是教育的結果。〔註69〕有宋之所以
特重名節的原因，固由於宋太祖之表彰節義之士，學士大夫之自我
淬勵，教育力量之推波助瀾，以蔚爲一股學風，實爲主要原因，是
以彼時執有宋學術思想界牛耳之理學，於此方面之貢獻，自是毋庸
置疑的。〔註70〕《宋史・道學傳》曰：

> 周敦頤其於舂陵，乃得聖賢不傳之學，作太極圖說、通書，
> 推明陰陽五行之理，命於天而性於人者，瞭若指掌。張載
> 作西銘，又極言理一分殊之旨，然後道之大原出於天者，
> 灼然而無遺焉。仁宗明道初年，程顥及弟頤實生。及長，
> 受業周氏，已乃擴大其所聞，表彰大學、中庸二篇，與語、
> 孟並行，於是上自帝王傳心之奧，下至初學入德之門，融
> 會貫通，無復餘蘊。迄宋南渡，新安朱熹得程氏正傳，其
> 學加親切焉。大抵以格物致知爲先，明善誠身爲要，凡詩、
> 書、六藝之文，與夫孔、孟之遺言，顚錯於秦火。支離於
> 漢儒，幽沈於漢、魏、六朝者，至是皆煥然而大明，秩然
> 而各得其所。此宋儒之學所以度越諸子，而上接孟氏者歟！
> 其於代之污隆，氣化之榮悴，有所關係也甚大。〔註71〕

迄宋室南渡，理學思想有盛無衰。斯時，對於北方之金，當權者大抵
屈意求和，然理學家莫不主戰復仇。考朱子曾上疏曰：

> 其計所以不時定者，以和議之說疑之也。夫金虜於我有不
> 共戴天之讐，則其不可和也義理明也。〔註72〕

張載亦曾進言曰：

> 陛下上念祖宗之仇恥，下閔中原之塗炭，惕然於中，而思

〔註68〕引自前書前文第五點學士大夫的獎倡，頁12。
〔註69〕參見程運〈兩宋學術風氣之分析〉一文，載於《政大學報》二一期，
　　　　頁117至134。
〔註70〕參見董師金裕〈宋人的三篇氣節文章及其思想背景〉一文，載於《孔
　　　　孟學報》第三七期，頁181至192。另收錄於《正氣文選析》一書。
〔註71〕參見《宋史》卷四二七。
〔註72〕參見《朱子大全》卷一，〈壬午應詔封事〉。

　　　　有以振之。〔註73〕

如此之言，不勝枚舉，而參戰殺敵，臨難死節之理學家，猶不在少數。
如郭忠孝〔註74〕、向子韶〔註75〕、李誠之〔註76〕、丁黼〔註77〕等，彼
爲救社稷之危亡，雪祖宗之恥辱，或城陷死難，或見執被殺，終未嘗
屈節，其志行，實堪爲後人之楷模。然以當權者庸懦無能，廉節掃地，
以和議爲上策，以偏安爲要務，終致國恥難雪，興復無望。

　　迨南宋末造，元騎入侵，理學家一本忠孝節義之衷心，不甘於異
族之統治，或挺身起義，爲國家社稷之絕續存亡，奉獻赤膽熱誠，如
文天祥之孤軍赴闕，義師勤王即是；或一本孤忠，義不食元粟，如謝
枋得之絕食身亡即是。彼不計利害得失，義無反顧之壯舉，是誠春秋
尊王大義思想之具體表露。〈全謝山答諸生問思復堂集帖〉曰：

　　夫宋儒死節多矣。蘄州死事李誠之最，在理度二朝忠臣之
　　先，東萊之高弟也。歐陽巽齋（歐陽守道）爲朱門世嫡，
　　其弟子爲文山。徐徑畈（徐霖）爲陸氏世嫡，其弟子爲疊
　　山，二公爲宋之大忠，其生平未嘗有語錄行世，故莫知其
　　爲朱陸之私淑者。文山尤不羈，留情聲色，而孰知其遠有
　　源流也，是豈空疏之徒所得語此？況朱子後人有浚，南軒
　　後人有唐，而趙良淳者，雙峯之高弟也。許月卿者，鶴山
　　之高弟也，其餘如唐震、呂大圭之徒，不勝屈指。〔註78〕

宋儒格物窮理，凡事必推源溯本，思想理論雖看似虛玄空疏，然由前文
所記，足證宋儒所行即所言，所言即能行。百折不回，視死如歸，爲所
當爲。是以一旦國祚淪亡，彼等皆能秉持「一身不事二姓」之超逸節行，

〔註73〕參見《宋史》卷四二九〈張栻傳〉。
〔註74〕郭忠孝、程頤門人，爲永興軍路提點刑獄，金人犯永興，與唐重分
　　　城而守，城陷死。
〔註75〕向子韶，胡安國講友，金人犯淮寧，被執不降，見殺。
〔註76〕李誠之，呂祖謙門人，金人犯淮南，黃州不保，誠之死守，城陷引
　　　劍自刎。
〔註77〕丁黼，徐誼門人，金人攻新井，整兵巷戰，力竭死之。
〔註78〕參見《宋元學案》卷七三〈麗澤諸儒學案·正節李先生誠之〉條，
　　　頁 1379。

或隱居不出，如吳思齊者，於生活困頓至簞瓢屢空之時，仍一本「譬猶處子，業已嫁矣，雖凍餓，不能更二夫」之志以自守；〔註79〕又如黃震及其子夢翰，宋亡不仕，避地寶幢，病瘑餓死；〔註80〕更如游汶者，入元辭薦，並書其袍之背曰：「前宋遺民。」等。〔註81〕或講學著作，為保存漢文化，培養後輩民族意識而努力，如王應麟，入元不出，專事著作；〔註82〕馬端臨亦隱居二十餘年，搜羅故國文獻，著成文獻通考之鉅著；〔註83〕又金履祥則杜門不出，講學傳道，為元代金華理學之開山祖等。〔註84〕影響所及，文人墨客則往來湖山勝水間，以詩歌文學寄寓忠義之聲，如鄭思肖之《心史》，林景熙之《霽山集》，謝翱之《晞髮集》……等，字裡行間，斑斑血淚，感人至深。閭閻百姓亦紛紛起事響應勤王運動，如帝昺祥興二年（西元 1279 年）蘄州傅高之義舉，〔註85〕元世祖至元二十年（西元 1283 年）建寧路總管黃華等之起事，〔註86〕甚至距宋亡已六十餘年，尚有韓法師自稱「南朝趙王」於四川。〔註87〕此外，《元史紀事本》末中所謂之「江南群盜」，實亦南宋遺民不屈於元廷之抗暴活動。張溥曰：

　　史皆目為盜賊，抑以大宋觀之，亦有殷多士之倫也。〔註88〕

〔註79〕參見《宋元學案》卷五六〈龍川學案〉，〈縣丞相全師先生思齊〉條，頁 1051。

〔註80〕參見《宋元學案》卷八六〈東發學案・文節吳於越先生震〉條，頁 1631。

〔註81〕參見《宋元學案》卷七九〈邱劉諸儒學案・提刑游先生汶〉條，頁 1496。

〔註82〕參見《宋元學案》卷八五〈深寧學案・尚書王厚齋先生應麟〉條，頁 1616。

〔註83〕參見《宋元學案》卷八九〈介軒學案・教授馬竹洲先生端臨〉，頁 2682。

〔註84〕參見《宋元學案》卷八二〈北山四先生學案・文安金仁山先生履祥〉，頁 1551。

〔註85〕參見《元史》卷一五三〈賈居貞傳〉。

〔註86〕參見《元史》卷一二〈世祖本紀〉。

〔註87〕參見《元史》卷三九〈順帝本紀〉。

〔註88〕參見《元史紀事本》末卷一，〈江南群盜之平〉。

此在在足見理學思想於宋遺民之啟發。王鳴盛《十七史商榷》記曰：

> 西漢亡，義士不如東漢之多，西漢重勢力，東漢重名節也。
> 宋亡，有文信國，唐亡，無一人。宋崇道學，唐尚文詞也。
> 〔註89〕

又海陵儲巏於《晞髮集》引亦有言曰：

> 維宋以仁厚立國，以禮誼恭讓遇士大夫，此其亡也，又值
> 強隣竊據而有之，故食焉仕於朝者，往往死其封疆社稷，
> 以就夫義命之所安，而丞相文公，尤光明俊偉，震動一世，
> 迄收宋三百年養士之效，至於儒碩豪傑之士，窮處於家者，
> 恥淪異姓，以毀冠裂裳爲懼，則相率避匿山谷，服宋衣冠
> 以終其身。〔註90〕

是理學思想之昌明，春秋尊王攘夷說之再教育，予南宋子民以潛移默化之功，《宋史·忠義列傳》，視他史爲多，宋季遺民較他朝爲眾，其來有自也。

有清一代攻擊程朱最力者，每將南宋之亡，歸咎於宋儒之誤國。

> 靖康之際，戶比肩摩，皆主靜之人，而朝陛疆場無片籌寸
> 績之士。〔註91〕

> 宋儒好責人，並不責己。〔註92〕

> （宋儒）於天下之事也，以己所謂理強斷行之，而事情原
> 委隱曲，實未能得，是大道失而行事乖。〔註93〕

等，不一而足，然誠如全祖望於《宋元學案》所云：

> 巽齋之門有文山，徑畈之門有疊山，可以見宋儒講學之無
> 負於國矣。〔註94〕

文山、疊山二人之行事，昭昭在目，其忠肝義膽，足以動天地、泣鬼

〔註89〕參見王鳴盛《十七史商榷》卷九二，〈唐亡無義士〉。
〔註90〕錄於《宋遺民錄》卷二。
〔註91〕參見顏習齋《四存編存學編》卷一，〈由道〉。
〔註92〕參見毛西河《西河全集·聖門釋非錄》。引自許毓峯〈論南宋理學家之氣節〉一文，載於《責善半月刊》第二卷第廿四期。
〔註93〕參見戴東原《戴氏遺書》卷九，〈與某書〉。
〔註94〕參見《宋元學案》卷八八〈巽齋學案〉題下，頁1664。

神。觀文山，晦庵（朱子）之三傳弟子，疊山（謝枋得），徑畈（徐
霖）門人，是皆宋儒講學所造就，既無負於國也，毛西河、顏習齋、
戴東原等說之乖妄，自不攻而破。

　　綜觀宋儒，當國運昌盛，彼等默默講學論道，為盡名分，為實踐
春秋大義，為實現國平天下之王道理想，克盡厥職。及至國家多難，
胡夷交侵，復以民族氣節自勵，雖鼎鑊在前，鋒刃加己，仍挺然知義，
勇於赴難。是以探究有宋之衰弱不振，以至淪亡，誠立國政策之誤，
責之於宋儒，實謬誤之甚也。蓋宋儒哲學中寓有愛民族、愛民族文化
之思想，已由南宋遺民列士身上，一覽無遺。近人陳登原於〈南宋遺
民之悲憤〉一文中曾述及：

> 南宋之亡，不論在朝在野，不論為男為女，均有黍離之恫，
> 麥秀之悲，荊棘在胸之念彌甚，填山倒海之志彌功，固不
> 止文天祥也，固不止鄭思肖也，此皆元祚不百年之註腳也。
> 〔註95〕

南宋遺民之悲憤，乃遍及全國上下者，故推尋元祚不百年之真正來
由，自是遺民們矢志不屈，一心抗元之必然結果，然此又未嘗非有宋
學術思潮之開發誘掖有以致之也。

〔註95〕參見陳登原《國史舊聞》卷三九，頁520。

中篇
本論──重要詩人及其作品研究

第一章　文天祥

壹、生平傳略

　　文天祥，理宗端平三年（西元 1236 年）生於吉州廬陵（今江西省吉安縣）富田村。出生時，大父時用夢兒乘紫雲下，已復上，因名雲孫，字天祥。〔註1〕體貌豐偉，英姿雋爽，性豪直，尚忠義。稍長，游鄉校，見學官所祠鄉先生歐陽修、楊邦父、胡銓像、皆諡忠節，即欣然慕之，曰：「沒不俎豆其間，非夫也。」〔註2〕是其為國效忠之志節，自幼即已植根。理宗寶祐三年（西元 1255 年），天祥年二十，以字為名學郡貢士，其字遂改曰履善。〔註3〕明年，試進士，對策集英殿。時理宗在位久，政理浸怠，天祥以法天不息為對，言萬餘，不為稿，一揮而成，寘第五，理宗親擢為第一。考官王應麟奏曰：「是卷古誼若龜鑑，忠肝如鐵石，臣敢為得人賀。」〔註4〕帝亦喜謂其名曰：

〔註1〕天祥初名雲孫，字天祥之說，《宋史》不載。然廬陵劉岳申〈文丞相傳〉、吉水胡廣〈丞相傳〉，及天祥自撰〈紀年錄〉皆有是說，今姑錄之。可參見《文山先生》全集卷一九之附錄與卷一七之〈宋少保右丞相兼樞密使信國公文山先生紀年錄〉。
〔註2〕參見《宋史》〈文天祥傳〉，《文山先生全集》附錄、頁 483。
〔註3〕參見天祥自撰〈紀年錄〉，《文山先生全集》卷一七，頁 443。
〔註4〕同註2。

「此天之祥，宋之瑞也。」遂又字宋瑞。〔註5〕尋丁父憂歸，服除，官軍器監，兼右司，尋兼崇政殿說書，兼權直學士院，兼玉牒所檢討官。度宗咸淳六年（西元 1270 年），因草詔忤賈似道，歸田里，起宅於文山，因號文山先生，悠遊林下，飲酒吟詩，翕然自得。九年，起為湖南提刑，十年，改知贛州。明年，為恭帝德祐元年乙亥（西元 1275 年），元兵渡江南下，天祥奉召勤王。其友止之曰：「今大兵三道鼓行，破郊畿，薄內地，君以烏合萬餘赴之，是何異驅群羊而搏猛虎。」天祥曰：「吾亦知其然也，第國家養育臣庶三百餘年，一旦有疾，徵天下兵，無一人一騎入關者，吾深恨於此，故不自量力，而以身殉之，庶天下忠臣義士，將有聞風而起者。義勝則謀立，人眾者功濟，如此，則社稷猶可保也。」〔註6〕自是一改豪奢之習，盡以家貲為軍費。次年正月，除右丞相兼樞密，至敵營議和，與元丞相伯顏，抗論皋亭山，因被拘，於北上途中，夜亡走眞州。五月，益王立於福州，改元景炎，以樞密使、督都諸路軍事出南劍，號召天下，圖復江西。景炎二年（西元 1277 年）八月，與元兵戰于空坑，兵敗，妻妾子女皆被捕，收殘兵奔循州，駐南嶺。明年五月，衛王繼立，改元祥興，加天祥少保信國公，進屯潮陽。十二月，移屯趨海豐，入嶺南，謀結寨據險以自固，時元將張弘範兵尚隔海港，潮州盜陳懿為向導，具舟以濟其師。弘範既濟，使步騎襲天祥，天祥方飯五坡嶺，不及戰而被執。度不得脫，即取懷中腦子盡服之，不死。見張元帥，抗節不屈，弘範遂以客禮見之，與俱入厓山，使為書招張世傑，天祥曰：「吾不能救父母，乃教人叛父母，可乎？」索之固，乃書〈過零丁洋詩〉與之，末有「人生自古誰無死，留取丹心照汗青」句，寧死不屈之志已決。及厓山破，陸秀夫負祥興帝赴海死，太妃宮人以下，將士官屬皆從之，天祥不勝悲，為長歌哀之。〔註7〕弘範軍中置酒大會，因舉

〔註 5〕同註3。
〔註 6〕同註2。
〔註 7〕此詩可參見指〈南後錄〉卷之一上「二月六日，海上大戰，國事不

酒從容謂天祥曰：「國亡，丞相忠孝盡矣，能改心以事宋者事皇上，將不失爲宰相。」天祥曰：「國亡不能求，爲人臣者，死有餘罪，況敢逃其死而二其心乎？」〔註8〕繫至燕，館人供張甚盛，云：「博羅丞相命也。」天祥義鎮寢處，坐達旦。自是移囚兵馬司，在獄讀史，作詩，集杜詩爲絕句。元世祖愛其才，欲用之，初派其丞相博羅平章、張弘範，再派南宋降臣王積翁、留夢炎等往說降，天祥均不爲動。元世祖召至殿中，長揖不拜，左右強之，堅立不爲動，極言：「宋無不道之君，無可弔之兵，不幸母老子弱，權臣誤國，用舍失宜，北朝用其叛將叛臣，入其國都，毀其宗社。天祥相宋於再造之時，宋亡矣，天祥當速死，不當久生。」世祖使人諭之曰：「汝以事宋者事我，即以汝爲中書宰相。」天祥曰：「天祥爲宋狀元宰相，宋亡，惟可死不可生，願一死足矣。」〔註9〕世祖又使諭之曰：「汝不爲宰相，則爲樞密。」天祥對曰：「一死之外，無可爲者。」終不屈，遂從其請。是歲春（世祖至元十九年，西元 1282 年），作絕筆自贊，繫之衣帶間，其詞曰：「孔曰成仁，孟曰取義，惟其義盡，所以仁至。讀聖賢書，所學何事，而今而後，庶幾無愧。」及行，顏色不少變。過市，意氣揚揚自若，觀者如堵。臨刑，猶從容謂曰：「吾事畢矣。」問市人孰爲南北，南面再拜就死，達成其衣帶贊所言之「而今而後，庶幾無愧」之夙志。時元世祖至元十九年（西元 1282 年），天祥年四十七。計天祥被拘繫獄至成仁取義，前後凡四年之久。

貳、作品分析

文天祥有《文山集》二十卷傳世。卷一、二爲其早歲所作之詩、樂府及詞；卷三至卷一一爲文集，此皆不在本論文研究範圍之內。

濟，孤臣天祥，坐北舟中，向南慟哭，爲之詩曰」一首。錄於《文山先生全集》卷一四，頁 349。

〔註 8〕同註 2。

〔註 9〕參見吉水胡廣〈丞相傳〉，《文山全集》卷一九附錄，頁 503。

卷一三、《指南錄》。乃文天祥使元被拘，至脫險南歸間，記敍患難中所遭遇之詩集，原分四卷，今合併爲一卷。

卷一四、《指南後錄》。錄天祥於五坡嶺被執北上，以迄燕獄絕筆之作，原亦分三卷，今合併爲一卷。

卷一五、《吟嘯集》。爲天祥繫獄時傷時哀國兼及私情等有感而發之作。

卷一六、《集杜詩》，一名《文山詩史》。爲天祥獄中誦杜詩有感而集之者，詩皆五言，凡二百首。於國家淪喪之原委，生平閱歷之境，乃至忠臣義士之周旋患難者，皆一一詳誌其事，眞不愧詩史之目。

卷一七、《紀年錄》；卷一八、拾遺；卷一九、二十皆附錄，此亦不在本文研究範圍內。

綜上所述，則卷一三至卷一六，堪可謂天祥畢生詩文之菁華，是以《宋詩鈔》曰：

> 自指南錄以後，與初集格力相去殊遠，志益憤而氣益壯，詩不琢而日工，此風雅正教也；至其集杜句成詩，裁割鎔鑄，巧合自然，尤千古擅場。

天祥出生入死，奔走勤王，以赤膽衷心，爲朝疆效命，其憂國憂民之赤誠，匡濟恢復之素志，發而爲詩，饒具忠義之氣，千載以下讀之，足寒奸邪之膽，而振吾人凌勵之氣也。

近人胡雲翼先生於評論唐宋詩優劣之專文中，嘗謂宋詩已失唐詩中之悲壯、傷感作風，[註10] 此說用以評江南、四靈兩派則可，以之論南宋遺民詩作，實有欠公允。觀南宋末造，民族詩人若文山先生者，其傷感、豪邁之作，較諸唐詩，似有過之，惟文山先生詩名爲氣節所掩，致世人皆知其節，而不知其學；知其忠，而不知其才。然文山負豪傑之才略，蓄浩然之正氣，加以悲天憫人、先天下憂之志，故其所爲詩，內容宏富，風格非一，今分述于下：

〔註10〕參見胡雲翼《宋詩研究》，第一章唐詩與宋詩一文，頁7。

一、忠君愛國

　　愛國思想，可謂為天祥詩歌之主體，而忠君觀念，又為其愛國思想之主要內容。觀其於燕京獄中寫以明志之正氣歌曰：

　　　　天地有正氣，雜然賦流行。下則為河嶽，上則為日星。於人
　　　　曰浩然，沛乎塞蒼冥。皇路當清夷，含和吐明庭。時窮節乃
　　　　見，一一垂丹青。在齊太史簡，在晉董狐筆。在秦張良椎，
　　　　在漢蘇武節。為嚴將軍頭，為嵇侍中血。為張睢陽齒，為顏
　　　　常山舌。或為遼東帽，清操厲冰雪。或為出師表，鬼神泣壯
　　　　烈。或為渡江楫，慷慨吞胡羯。或為擊賊笏，逆豎頭破裂。
　　　　是氣所磅礴，凜烈萬古存。當其貫日月，生死安足論。地維
　　　　賴以立，天柱賴以尊。三綱實繫命，道義為之根。嗟予遘陽
　　　　九，隸也實不力。楚囚纓其冠，傳車送窮北。鼎鑊甘如飴，
　　　　求之不可得。陰房闃鬼火，春院閟天黑。牛驥同一皂，雞棲
　　　　鳳凰食。一朝濛霧露，分作溝中瘠。如此再寒暑，百沴自辟
　　　　易。嗟哉沮洳場，為我安樂國。豈有他繆巧，陰陽不能賊。
　　　　顧此耿耿在，仰視浮雲白。悠悠我心悲，蒼天曷有極。哲人
　　　　日已遠，典型在夙昔。風簷展書讀，古道照顏色。

觀此詩名「正氣」者，蓋取其天地之正氣，根於道義，發於事業之謂
也。〔註11〕是天祥認為充塞於天地之間有一種正氣，正氣形於人，即
所謂浩然之氣，人具有此浩然之氣，於危難之際，自能無所畏懼，戰
勝一切。他又引用歷史上許多「忠君」之典範來說明此種正氣於人身
上之體現，而歸詰認為此種正氣即偉大之愛國情操與崇高之民族氣
節，足見愛國與忠君在天祥心中是互為表裡，相輔相成的。

　　天祥於〈忠孝提綱序〉嘗曰：

　　　　君子之立於天下也，固不必食君之祿而後為忠。〔註12〕

是忠君為天祥內心之信念，甚且已化為一股無代價地為君捨身之至
誠。故自其被俘以后。雖元將張弘範再三勸降，天祥仍一本孤忠拒之

〔註11〕參見李曰剛〈晚宋義民之血淚詩〉一文，載於《中華民化復興月刊》，
　　　　第七卷、第二期，頁3。
〔註12〕參見《文山先生全集》卷九，頁227。

曰：

> 商非不亡，夷齊自不食周粟，人臣自盡其心，豈論書與不
> 書。〔註13〕

忠君並非爲了名垂後世，但在盡己心力而已，充分表現其胸懷坦蕩，
大我無私之精神。莫怪連敵酋亦因之改容。而與此同時，他對國勢飄
搖之際，不能臣節以終之輩，在詩裡亦予以無情之鞭撻，〈信雲父〉
詩曰：

> 東魯遺黎老子孫，南方心事北方身。幾多江左腰金客，便
> 把君王作路人。

天祥對變節降臣之痛恨，益發表現出其「丹心不改君臣誼」〔註14〕之
堅定信念。

「生平愛覽忠臣傳」，〔註15〕道出天祥忠君愛國思想之緣起，係
得之於歷史上先賢偉士之啓發。據《宋史》記載，天祥年幼之時，見
學官所奉祠鄉先生歐陽修、楊邦父、胡銓等像，其諡號皆曰忠節，即
欣然慕之，曰：「沒不俎豆其間，非夫也。」是天祥自幼即以踵先賢
偉烈自許，期能有所爲也。迨其長大成人，尤能以忠節自勵，對歷史
上大忠大義，忠心死國之士，自不免心嚮往之，故每於詩歌中誦揚讚
譽之，以明敬仰效法之志，試觀其〈平原〉一詩：

> 平原太守顏眞卿，長安天子不知名。一朝漁陽動鼙鼓，大
> 河以北無堅城。公家兄弟奮戈起，一十七郡連夏盟。賊聞
> 失色分兵還，不敢長驅入咸京。明皇父子將西狩，由是靈
> 武起義兵。唐家再造李郭力，若論牽制公威靈。哀哉常山
> 慘鈎舌，心歸朝廷氣不懾。崎嶇坎坷不得志，出入四朝老
> 忠節。當年幸脫安祿山，白首竟陷李希烈。希烈安能遽殺
> 公，宰相盧杞欺日月。亂臣賊子歸何處，茫茫煙草中原土。

〔註13〕同註7，頁350。
〔註14〕〈泰和〉詩，錄於《指南後錄》卷一之下，《文山先生全集》卷一四。
頁353。
〔註15〕〈蘇武忠節圖詩〉，錄於《文山先生全集》卷一三《指南錄補遺》，
頁347。

公死于今六百年，忠精赫赫雷行天。

觀詩筆力遒勁，風格豪邁，雖述顏魯公忠肝義膽，持節不屈之行止，然天祥想望其人之風已見。又〈懷孔明〉詩曰：

斜谷事不濟，將星殞營中。至今出師表，讀之淚沾胸。漢賊明大義，赤心貫蒼穹。世以成敗論，操懿真英雄。

世間總以成敗論英雄，獨天祥以操懿節行觀賢肖，故對三國時代鞠躬盡力，死而後已之孔明，天祥以真英雄美之，而孔明亦當之無愧也。再觀〈題蘇武忠節圖有序〉一詩曰：

忽報忠圖紀歲華，東風吹淚落天涯。蘇卿更有歸時國，老相兼無去後家。烈士喪元心不易，達人知命事何嗟。生平愛覽忠臣傳，不為吾身亦陷車。

獨伴羝羊海上遊，相逢血淚向天流。忠貞已向生前定，老節須從死後休。不死未論生可喜，雖生何恨死堪憂。甘心賣國人何處，曾識蘇公義膽不。

漠漠愁雲海戍迷，十年何事望京師。李陵罪在偷生日，蘇武功成未死時。鐵石心存無鏡變，君臣義重與天期。縱饒夜久胡塵黑，百煉丹心涅不緇。

此詩記蘇武盡忠死節之丹心，然浩氣奮發，氣概如虹，其中且寓含無限去國思君之念。天祥忠君愛國之誠，奸臣誤國之憾，終其身而無悔。此外，他如劉琨、祖逖、許遠等諸人之志節偉行，亦天祥效做之的，尤其他常以「義不帝秦」之魯仲連自語，〈高沙道中〉詩曰：

古人擇所安，肯蹈不測淵。奈何以遺體，糞土同棄捐。初學蘇子卿，終慕魯仲連。為我王室故，持此金石堅。自古皆有死，義不污腥羶。求仁而得仁，寧怨溝壑填。

充分表示其「忠臣不事二主」和反抗強暴之決心。正由於彼輩忠君愛國士之誘導，天祥終能義勇奮發，了無難色，尤其能在臨安陷落之後，獨撐危局，經受住種種險惡環境之考驗。明代羅倫嘗曰：

夫慷慨就義，決死生於一旦，中人猶或能也，若歷履萬死，其執彌堅，其志彌勵，非仁者其能然乎？方公之使虜，詆大酋，罵逆賊，當死。脫京口，走真州，如揚州，趨高郵，

抵通州，苗再成遂之，李庭芝疑之，外迫於虜寇，內煎於
饑餓，無日而不當死。然後遵海道，涉鯨波。歸立二王，
開督南劍，敗績於空坑，當死。仰藥於潮陽，當死。絕粒
於南安，當死。辛至就囚燕獄，從容南向，再拜而死，震
動天地、照耀萬世，可謂天下之大忠也。〔註16〕

哲人雖遠，典型猶存，想天祥一生行止，是真不負其以仁義自期之志矣。

二、書感寫懷

此類作品，依其內容細分，又可分為下列三項：

（一）思家念親

學凡民族英雄，皆血性中人也。血性中人富於感情，是以當國家
有難，基於愛國、愛鄉、愛家之情，每能義無反顧，挺身奮發。南宋
末造，天祥一腔熱血，奔走勤王，奈何「時不我予」，忠君上之志終
究不得申。亡國之臣，每思及國破家亡，骨肉離散，其內心之悲，處
境之苦，不待言而可知，形諸筆端，自是悽慘悱惻，感人至深。試觀
〈六歌〉一詩：

有妻有妻出糟糠。自小結髮不下堂。亂離中道逢虎狼。鳳
飛翩翩失其凰。將離一二去何方。豈料國破家亦亡。不忍
舍君羅襦裳。天長地久終茫茫。牛女夜夜遙相望。鳴呼一
歌兮歌正長。悲風化來起徬徨。

有女有女婉清揚。大者學帖臨鍾王。小者讀字聲琅琅。朔
風吹衣白日黃。一雙白璧香道旁。雁兒啄啄秋無粱。隨母
北首誰人將。鳴呼三歌兮歌愈傷。非為兒女淚淋浪。

有子有子風骨殊。釋氏抱送徐卿雛。四月八日摩尼珠。榴
花犀錢絡繡襦。蘭湯百沸香似酥。欻隨飛電飄泥塗。汝兄
十二騎鯨魚。汝今知在三歲無。鳴呼四歌兮以吁。燈前老
我明月孤。

〔註16〕參見羅倫〈宋丞相文信國公祠堂記〉，錄於《文山先生全集》卷二○
附錄，頁516。

我生我生何不辰。孤根不識桃李春。天寒日短重愁人。北風隨我鐵馬塵。初憐骨肉鍾奇禍。而今骨肉相憐我。汝在北兮嬰我懷。我死誰當收我骸。人生百年何醜好。黃粱得喪俱草草。嗚呼六歌兮勿復道。出門一笑天地老。（六首錄四）

由結髮夫妻、稚齡骨肉，寫至己身之飄零，真情實感，悽愴悲涼，真所謂血書也。集杜詩中尚有〈哭妻詩〉三首，又有二女、次子、長妹、長子、次妹、次子及思弟詩多首，天祥堅毅外表下所隱藏綿綿不絕之親情，又豈外人得以知之。今再錄其〈憶大夫人〉詩一首：

三生命孤苦，萬里路辛酸。屢險不一險，無身復有身。不忘聖天子，幾負大夫人。定省今何處，新來夢寐頻。

自古忠孝難兩全。天祥既忠於王事，對母曾氏，[註17] 自難朝夕定省，引以為憾之餘，唯求夢中侍羹湯。迨母病歿，天祥哀慟萬分，有〈哭母小祥〉、〈哭母大祥〉二詩：

我有母聖善，鶯飛星一周。去年哭海上，今年哭邳州。遙想仲季間，木主布筳几。我躬已不閱，祀事付支子。使我早淪落，如此終天何？及今畢親喪，於分亦已多。母嘗教我忠，我不違母志。及泉會相見，鬼神共歡喜。（邳州哭母小祥）

前年惠州哭母斂，去年邳州哭母襄。今年飄泊在何處？燕山獄裡菊花時。哀哀黃花如昨日，兩度星周俄箭疾。人間送死一大事，生兒富貴不得力。祇今誰人守墳墓，零落瘴鄉一堆土。大兒狼狽勿復道，下有二兒並二女。一兒一女亦在燕，佛廬設供捐金錢。一兒一女家下祭，病脫麻衣日晏眠。夜來好夢歸故國，忽然海上見顏色。一聲雞叫淚滿床，化為清血衣裳濕。當年婺緯意謂何，親曾撫我夜枕戈。古來全忠不全孝，世事至此甘滂沱。夫人開國分齊魏，生榮死衰送天地。悠悠國破與家亡，平生無憾為此事。二郎

〔註17〕天祥母曾氏，以天祥功勳，封齊魏國夫人，二十一歲時與革齋先生（天祥父，名儀）結婚、生子女七人，革齋先生逝世後，與繼母劉太夫人相依為命。

> 已作門戶謀，江南葬母麥滿舟。不知何日歸兄骨，孤死猶
> 應正首丘。（哭母大祥）

觀天祥自奉詔勤王之始，即具力挽狂瀾之壯志，犧牲奉獻之精神，無暇顧及高堂妻孥，致一門數人喪命於亂兵之下，僅先生一人形影獨存。天祥有感於子責、夫責、父責之未盡，夢寐難寢之餘，幽幽道出「我爲綱常謀，有身不得顧。妻兮莫望夫，子兮莫望父。天長與地久，此恨極千古。來生業緣在，骨肉當如故」﹝註18﹞之愧嘆。於可知之世固已不得共享天倫之樂，惟有將希望寄託於遙不可知之未來。天祥之悲，實椎心之泣血也。「人誰無骨肉，恨與海俱深」，﹝註19﹞天祥感傷滿懷，抱憾終生若此，斑斑血淚，實令人不忍卒讀也。

（二）思鄉懷友

天祥除念親思家外，對於生於斯、長於斯之故鄉，亦眷戀情深，備極想望，觀其〈旅懷〉詩三首之三：

> 昨夜分明夢到家，飄飄依舊客天涯。故園門掩東風老，無
> 限杜鵑啼落花。

天祥一生戎馬，客居在外，故鄉萬里，恨不得歸，及過里門，又因罹狴狂之厄，繫頸縶足。目送家山，其痛苦可知。天祥集杜詩中有〈至吉州〉、〈吉州〉詩共三首，錄之於左：

> 掛颿遠色外，緬邈懷舊丘。江水風蕭蕭，鳥啼滿城頭。（〈至
> 吉州〉）
>
> 泊舟滄江岸，身輕一鳥過。請爲父老歌，歌長擊樽破。（〈吉
> 州〉二之一）
>
> 戚戚去故里，我生苦飄零。回身視綠野，但見西嶺青。（〈吉
> 州〉二之二）

身不由己，雖路過鄉里，徒興傷感而已。

﹝註18﹞《指南後錄》卷之二〈過淮河宿闕石有感〉詩，《文山先生全集》卷一四，頁361。

﹝註19﹞〈吟嘯集〉、〈感傷詩〉，《文山先生全集》卷一五，頁391。

先生獄中思鄉之作尤多，如〈思故鄉〉詩七首：

　　天地西江遠，無家問死生。涼風起天末，萬里故鄉情。（七
　首之一）

　　江漢故人少，東西消息稀。異花開絕域，野風吹征衣。（七
　首之二）

　　春水滿南國，慘淡故園烟。三年門巷空，永爲鄰里憐。（七
　首之六）

他如《吟嘯集》之〈庚辰除夜〉：「故鄉在何處，今夕是窮年。」〈庚
辰元日〉：「衣冠懷故國，鼓角泣離人。」等等，不勝枚舉。以上各詩，
但舉其要爾。

　　天祥既思鄉，對於鄉中故舊，自不免寄念殷殷。除就前所舉詩已
可略窺一二外，今再試錄數詩以見天祥憶舊之情。《集杜詩‧懷舊詩》
四首：

　　天寒昏無日，故鄉不可思。訪舊半爲鬼，慘慘中腸悲。

　　故園花自發，無復故人來。亂離朋友盡，幽珮爲誰哀。

　　故人入我夢，相視涕闌干。四海一塗炭，焉用身獨完。

　　中夜懷朋友，百年見存沒。風吹蒼江樹，寒月照白骨。

殷殷寄意，誠可謂思念情切。此外，天祥亦有追憶昔日舊僚同袍之作。
《指南錄》中之〈杜架閣〉〔註20〕、〈貴卿〉〔註21〕、〈哭金路分應〉
〔註22〕等詩皆是。今錄〈杜架閣〉詩於左：

〔註20〕天祥〈杜架閣〉詩下記曰：「天臺杜滸，字貴卿，號梅墅，糾合四千
　　　人，欲救王室，當國者不知省，正月十三日，見予於西湖上，予嘉
　　　其志，頗獎異之。十九日，客贊予使北，梅墅斷斷不可，客逐之去。
　　　予果爲北所留，後二十日，驅予北行，諸客皆散，梅墅憐予孤苦，
　　　慨然相從，天下義士也，朝旨特改宣教郎，除禮兵架閣文字。」見
　　　《指南錄》卷之二，《文山先生全集》卷一三，頁319。
〔註21〕天祥〈貴卿〉詩下記曰：「貴卿與予同患難，自二月晦至今日，無日
　　　不與死爲鄰，平生交游，舉目何在，貴卿眞吾異姓兄弟也。」見《指
　　　南錄》卷之三，《文山先生全集》卷一三，頁339。
〔註22〕金路分應，即金應也，其事詳於天祥〈哭金路分應〉詩下記曰云云，
　　　以文長，茲不錄，可參見《指南後錄》卷之三，《文山先生全集》卷一

仗節辭王室，悠悠萬里轅。諸君皆雨別，一士獨星言。啼鳥亂人意，落花銷客魂。東坡愛巢谷，頗恨晚登門。昔趨魏公子，今事霍將軍。世態炎涼甚，交情貴賤分。黃沙揚暮靄，黑海起朝氛。獨與君攜手，行吟看白雲。

又《集杜詩‧杜大卿滸詩》：

昔沒城中時，中夜間道歸。辛苦救衰朽，微爾人盡非。

德祐元年，元兵渡江，天祥奉詔勤王，使陳繼周發郡中豪傑，並結溪峒蠻。使方興召吉州兵。〔註23〕一時識與不識，接踵而來。時朝臣命官，逃遁唯恐不及，公奉命唯謹，以天下興亡為己任，不計後果，勇於赴難。隨從眾義士，受天祥忠義至誠所感召，雖當摧沮敗衄之餘，每每亦能臨難不苟，甘心就死。杜滸即其一也。〔註24〕杜滸糾合義兵四千人，見丞相於湖上，尋聞丞相將使北營，滸力爭不可；及丞相果行，諸客莫敢從，唯滸慨然請行。天祥嘉其志，為詩褒其忠。所謂患難見真情，莫怪天祥幽幽道出「世態炎涼甚，交情貴賤分」、「獨與君攜手，行吟看白雲」之嘆。

其餘或為師友之誼，同列之情，死生契闊，不能自己，故為詩以寄所懷。〈懷則堂、實堂〉詩：〔註25〕

白頭北使駕雙轓，沙闊天長淚曉煙。中夜相應發深省，故人南北地行僊。

又〈思（劉）小村〉詩：

春雲慘慘兮，春水漫漫。思我故人兮，行路難。君轅以南兮，我轅以北。去日以遠兮，憂不可以終極。寒予馬兮江皋，式燕兮以遨遨。念我平生兮，思君鬱陶。在師中兮，豈造次之可離。忠言不聞兮，思君怵惕。毫釐之差兮，天

三，頁341。

〔註23〕同註2。

〔註24〕可參見23，與〈鄧光薦文丞相督府忠義傳〉一文，收於《文山先生全集》卷一九附錄，頁506。

〔註25〕〈懷則堂實堂〉詩下記曰：「二先生於子厚，予亦惓惓於二先生，知二先生亦惓惓於予也。」所見同註24。

　　壞易位。駟不及舌兮，臍不可噬。思我故人兮，懷我親。
　　懷我親兮，思故人。懷哉懷哉，不可忍兮。不如速死。慨
　　百年之未半兮，胡中道而遄止。魯子連兮，義不帝秦。負
　　元德兮，羽不名爲人。委骨草莽兮，時迺天命。自古孰無
　　死兮，首丘爲正。我行我行兮，夢寐所思。故人望我兮，
　　胡不歸，胡不歸。

天祥自皋亭爲元軍所拘，深悔一出之誤，致與故人相違日遠。滿腹心
事，訴與誰知，惟有付之詩情而已。

（三）其　他

嚴羽《滄浪詩話》云：

　　唐人好詩，多是征伐、遷適、行旅、離別之作，往往能感
　　動激發人意。〔註26〕

滄浪此語，實具深意。蓋征戍、遷適、行旅、離別之作，每每因物興
感，觸景生情。既是有感而發，必有動人之聲。文山詩學杜甫，渾灝
流轉。〔註27〕然宋亡之後，南冠楚囚，履非故土；胡語番腔，縈繞耳
畔。亡國之痛，自已難釋懷，繫解北上，歷經府縣重鎮，山河故物，
歷史興亡，人物升沈，一一盡浮眼底。天祥有感風景不殊，人事已非，
發而爲詩，自是感觸非一。或寫亡國哀戚，〈觀金陵驛〉詩二首：

　　草合離宮轉夕暉，孤雲飄泊復何依。山河風景元無異，城
　　郭人民半已非。滿地蘆花和我老，舊家燕子傍誰飛。從今
　　別卻江南日，化作啼鵑帶血歸。

　　萬里金甌失壯圖，袞衣顚倒落泥塗。空流杜宇聲中血，半
　　脫驪龍頷下鬚。老去秋風吹我惡，夢回寒月照人孤。千年
　　成敗俱塵土，消得人間說丈夫。

亡國之痛，禾黍之悲，無不躍然紙上。天祥以其沈咽之語，道出無限
凄苦之音，令讀者讀之，真有心酸淚下之傷感。又其〈越王臺〉一詩：

　　登臨我向亂離來，落落千年一越臺。春事暗隨流水去，潮

〔註26〕見《滄浪詩話詩評》。
〔註27〕參見呂思勉《宋代文學》，第四章宋代之詩，頁74。

聲空逐暮天廻。煙橫古道人行少，月墮荒村鬼哭哀。莫作
楚囚愁絕看，舊家歌舞比嘔盃。

春事暗去，荒村野哭，淒涼景味，實令人不勝唏噓。越王臺爲歷史陳
蹟，多少年來，凡有登臨，莫不感慨，況於離亂之際亡國之臣乎？或
記身世飄零，觀《吟嘯集·自歎》一詩：

海闊南風慢，天昏北斗斜。孤臣傷失國，遊子歎無家。官
飯身如寄，征衣鬢欲華。越王臺上望，家國在天涯。

國亡家滅，天祥孤臣之身既不得歸闕，遊子之心亦難獲慰藉。悠悠天
地，唯己而已，怎不令其感嘆自傷？再觀〈早秋〉詩：

隻影飄零天一涯，千秋搖落欲何之。朝看帶緩方嫌瘦，夜
怯衾單始覺衰。眼裡游從驚死別，夢中兒女慰生離。六朝
無限江山在，搔首斜陽獨立時。

隻影飄零，莫知其止。悵望江山，搔首斜陽，無限依依之情，盡在不
言中。

三、寫事紀史

天祥是能以直道爲重者。嘗曰：「夫不直則道不見，君子者，直
道之倡也。」﹝註28﹞惟其能重直道，故能奮其大勇，進直言、糾官邪、
詆大酋、罵逆賊、尋貴酋爭曲直，而置個人死生於度外。﹝註29﹞觀其
早年所作〈次鹿鳴宴〉詩：﹝註30﹞

禮樂皇皇使者行，光華分似及鄉英。貞之虎榜雖聯捷，司
隸龍門幸綴名。二宋高科猶易事，兩蘇清節乃眞榮。囊書
自負應如此，肯遜當年禰正平。

是天祥對「擊鼓罵曹」之禰衡，早已心嚮往之。是以當北兵駐皋亭山，
公爲三宮九廟，百萬生靈計，毅然挺身獨往，無所疑慮，其有〈紀事〉
詩記其事曰：

﹝註28﹞參見《文山先生全集》卷三，〈御試策題〉一文，頁52。
﹝註29﹞參見《指南錄》後序，《文山先生全集》卷一三，頁313。
﹝註30﹞此詩作於天祥學貢士時，時當理宗寶祐三年（西元1255年），天祥
　　　　年二十。

　　三宮九廟事方危，狼子心腸未可知。若使無人折狂虜，東
　　南那箇是男兒。

　　春秋人物類能言，宗國常因口舌存。我亦瀕危專對出，北
　　風滿野負乾坤。

　　單騎堂堂詣虜營，古今禍福了如陳。北方相顧稱男子，似
　　謂江南尚有人。

　　百色無厭不可支，甘心賣國問爲誰。豺狼尚畏忠臣在，相
　　戒勿令丞相知。

　　慷慨輕身墮蒺藜，羝羊生乳是歸期。豈無從吏私袁盎，恨
　　我從前少侍兒。

　　英雄未肯死前休，風起雲飛不自由。殺我混同江外去，豈
　　無曹翰守幽州。

公初見伯顏，詰其前後失信。辭色慷慨，聲色俱厲。伯顏辭屈不敢
怒，左右相顧皆失色，稱爲男子。不幸賈餘慶一味逢迎賣國，助長
伯顏滅宋之野心，深懼公之阻擾，相戒不使知彼議和之事，天祥因
被拘禁留北營。其始，尚以「北朝處分，皆面奉聖旨，南朝每傳聖
旨，而使者實未曾得到廉前。今程鵬飛面奏大皇，親聽處分，程回
日，卻與丞相商量，大事畢，歸闕」〔註31〕之說，暫留天祥於營中，
既而失信於後，天祥怒而責虜酋，義正詞嚴，儼然不復顧死，既而
爲詩記曰：

　　狼心那顧歃銅盤，舌在縱橫擊可汗。自分身爲虀粉碎，虜
　　中方作丈夫看。

越二日，尚不得歸，天祥「詬虜酋失信，盛氣不可止」，〔註32〕叛將
呂文煥因來勸解，未料叔侄二人俱遭天祥唾罵曰：

　　不拼一死報封疆，忍使湖山牧虎狼。當日本爲妻子計，而
　　今何面見三光。

　　虎頭牌子織金裳，北面三年蟻夢長。借問一門朱與紫，江

〔註31〕見於《指南錄‧紀事》詩下註，《文山先生全集》卷一三，頁315。
〔註32〕同註31。

南幾世謝君王。

梟獍何堪共勸酬，衣冠塗炭可勝羞。袖中若有襲賊笏，便
使兇渠面血流。

麟筆嚴於首惡書，我將口舌擊奸諛。雖非周勃安劉手，不
愧當年產祿誅。

天祥之忠義敢言，千古以下，猶可想見其風概也。

　　天祥雖自此遭拘留，被脅北去，然天終愛才，將使公有所為也，
因幸脫真州。及五坡嶺方飯被執，剛毅不屈，清忠自厲之操守，終未
嘗稍降。自是在獄中，讀史作詩，聊以自慰。撫今追昔，有感三百年
宗廟社稷，為賈似道一人所破壞，因《集杜詩》作〈誤國權臣〉詩曰：

　　蒼生倚大臣，北風破南極。開邊一何多，至死難塞責。

然南宋之亡，除賈似道擅權自肆，以啟邊釁外，襄樊城陷，將相棄國，
亦為主要原因。觀《集杜詩》中〈襄陽〉一詩：

　　十年殺氣盛，百萬攻一城。賊臣表逆節，胡騎忽縱橫。

度宗即位初，宋潼川安撫使劉整，為賈似道所忌，不能自安，遂以瀘
州十五郡之地，叛降蒙古。當下即獻計於忽必烈取襄樊二城，謂襄、
樊既失，浮漢入江，宋室可平。足見襄樊二城實係長江下游安危存亡
之所繫。及樊城失陷，守將范天順、牛富相繼死城，襄陽益形孤立。
守將呂文煥以救緩不至，遂失節降元，時距元兵圍攻襄城凡六年。襄
樊既失，元軍乘勢而下，加以陳宜中、張世傑等之棄國遠遁，南宋又
焉得不亡。《集杜詩‧將相棄國》詩：〔註33〕

　　扈聖登黃閣，大將入朝廷。胡為入雲霧，浩蕩乘滄溟。

又〈陳宜中〉詩：〔註34〕

　　管葛本時須，經綸中興業。有志乘鯨鰲，南紀阻歸楫。

又〈張世傑〉詩：〔註35〕

〔註33〕天祥註曰：「丙子正月十八（幼主德祐二年），虜至高亭山，是夜四
　　　　鼓，宜中逃，翌日，世傑逃。」
〔註34〕天祥註曰：「丁丑冬（端宗景炎二年），御舟自謝女峽歸碙州，陳宜
　　　　中船相失，莫知所之。」

　　南國卷雲水，黃金傾有無。蛟龍亦狼狽，反復乃須臾。

南宋覆滅諸事，《宋史》、《宋史紀事本》末雖有所記載，惟若能參諸
天祥《集杜詩》所記，則於南宋興亡之原委，當能更加明悉也。

　　天祥《集杜詩》，除於南宋興亡有所記外，於彼時捍衛保疆、臨
難不屈之忠臣義士，亦有詩詳述其事略偉行。如〈江丞相萬里〉詩：
〔註36〕

　　星折臺衡地，斯文去矣休。湖光與天遠，屈注滄江流。

又〈將軍王安節〉：〔註37〕

　　激烈傷雄才，直氣橫乾坤。惆悵汗血駒，見此忠孝門。

又〈李安撫芾〉：〔註38〕

　　殺氣吹沅湘，高興激荊衡。城中賢府主，千秋萬歲名。

又〈陸樞密秀夫〉：〔註39〕

　　文彩珊瑚鈎，淑氣含公鼎。炯炯一心中，天水相與永。

又〈蘇劉義〉：〔註40〕

　　驊騮事天子，龍怒拔老湫。鼓枻視青旻，烈風無時休。

又〈趙倅昂〉：〔註41〕

　　風雷颯萬里，大江動我前。青衿一憔悴，名與日月懸。

〔註35〕天祥註曰：「世傑得士辛言，每言北方不可信，故無降志。閩之再造，
　　　　實賴其力。然其人無遠志，擁重兵厚賞，惟務遠遁，卒以喪敗，哀哉。」

〔註36〕天祥註曰：「先生居饒州，虜入城，先生投府第中池水死。其弟萬頃，
　　　　於廳事上被執殺死，哀哉。」

〔註37〕天祥註曰：「常州敗，虜生獲王安節，不屈而死，虜謂過江以來，武
　　　　人忠義者，惟王安節一人。安節乃節度使王堅子也。」

〔註38〕天祥註曰：「肯齋先生蜀人，寓居衡陽。乙亥（幼主德祐元年），留
　　　　夢炎為潭帥，夢炎歸相，始起先生為代。先生倉卒運掉城守甚備，
　　　　及城陷，先生殺其家人，乃自焚死，哀哉。」

〔註39〕天祥註曰：「字君實，文筆英妙，自維揚幕入朝。哀師陷，永嘉推戴
　　　　有力，及駐厓山，兼宰相，凡朝廷事，皆秀夫潤色綱紀之。厓山陷，
　　　　與全家赴以死，哀哉。」

〔註40〕天祥註曰：「蘇，京湖老將，雖出呂氏，乃心專在王室。永嘉推戴，
　　　　實建大功，後世傑用事，志鬱鬱不得展。其人剛躁不可近，然能服
　　　　義，終使不失大節。厓山與其子俱得脫，亦不知所終。」

〔註41〕天祥註曰：「虜至池州，倅昂發蜀人，夫婦自經死。」

諸公事跡，或見於史載，或史無所記。其史有載者，此詩足以勘謬正誤；其史有不記者，此詩足堪修葺補闕，後世以史目之，真當之無愧也。

參、集　評

一、《四庫全書總目提要》曰：

　　天祥平生大節，照耀今古，而著作亦極雄贍，如長江大河，浩潮無際。

二、《四庫提要》引長谷真逸《農田餘話》曰：

　　南宋渡後，文體破碎，詩體卑弱，惟范石湖、陸萬翁為平正。至晦菴諸子，始欲一變時習，模仿古作，故有神頭鬼面之論，時人漸染既久，莫之或改，及天祥留意杜詩，所作頓去當時之凡陋。觀指南前後錄，可見不獨忠義貫於一時，亦斯文閒氣之發見也。

三、《鄉詩摭談》云：

　　文山詩為南宋江西之後勁；山谷學杜，文山亦學山谷之所學，但比山谷少變化耳。然而英挺不群之概，咄咄逼人也。

四、劉大杰《中國文學發展史》云：

　　（天祥）其詩沈鬱悲壯，氣象渾厚，完全是他的人格的表現。

五、胡雲翼《宋詩研究》云：

　　（天祥）其所作極豪邁，有勁節，類其為人。

六、梁昆《宋詩派別論》云：

　　（天祥）詩格力似少陵，具沈鬱悲壯之概，讀其詩，概想其人矣。

以上諸說，皆謂天祥詩格沈鬱悲壯。殊不知其詩，豪邁勁節者有之、哀怨傷感者亦有之。其豪邁慷慨處，令人踔厲奮發，敵愾同仇；其哀感悽切處，令人低徊感喟，憂心如擣。然風格雖殊，而動人則一。

　　文山之忠節，固為萬世表率，而文章，亦冠絕當時。其所為詩，

不論興感誦吟，抑或抒懷詠物，皆足以正人心、風世教。觀其《指南前後錄》、《吟嘯集》、乃至《集杜詩》等，淚痕血點，交織在目，字裡行間，忠義之氣時見，讀其詩，誠見其人也，《宋詩鈔》曰：

> 嗚呼！去年幾五百年，讀其詩；其面如生，其事如在眼前，
> 此豈求之聲調字句間哉？（《文山詩鈔》）

是非溢美之辭也。《詩・大序》嘗曰：「詩者，志之所之也，在心爲志，發言爲詩。」是以讀出師二表，而知孔明之忠；讀陳情表，而知李密之孝；今吾人展讀文山詩，不僅可見其生平志業之一斑，亦當喜於民族復興典範之猶存也。

第二章　謝枋得

壹、生平傳略

　　謝枋得，字君直，號疊山，信州弋陽（今江西上饒）人。為人豪爽，好直言，以忠義自任。理宗寶祐四年（西元 1256 年），舉進士，對策亟攻丞相董槐與宦臣董宋臣，因被抑置乙科，除撫州司戶參軍，以董槐擅政，竟不得謁參以歸。翌年，召試教官，中兼經科，除建寧府教授。己未（理宗開慶元年，西元 1259 年），趙葵宣撫江東西，辟為屬官，尋除禮兵部架閣令，募兵援江上。時賈似道竊弄權柄，先生憤其殘害忠良，誤國毒民，發策十問摘其姦，亟言天心怒，地氣變，民心離，人才壞，國有亡證，〔註1〕辭甚剴切，因忤賈似道，坐居鄉不法，謫居興國軍。度宗咸淳三年（西元 1267 年）赦放歸。

　　幼主德祐元年（西元 1275 年），起為江東提刑，江西詔諭使，知信州。元兵攻信州，枋得雖圖堅守，但以力量懸殊，待援不至而失守，枋得乃變姓名，入建寧唐石山，後轉茶坂，朝遷暮徙。寓逆旅中，妻李氏與子女俱被擄，〔註2〕枋得終日麻衣躧履，東向而哭，人莫識之，

〔註 1〕參見李源道〈文節先生謝公神道碑〉一文，錄於《疊山集》卷一六。
〔註 2〕據〈疊山先生行實〉一文記曰：「丙子二年（幼主德祐二年）春正月，元兵入信，鏤銀榜根，執枋得之妻李氏、二子一女送江淮行省，拘

謂其爲狂士也。後以窮困所迫，賣卜於建陽市，有來卜者，但取米屨而已，委以錢，輒謝而不取，其後，人稍識之，每延至其家，使爲弟子論學，生活雖困挫，然甘之如飴也。

宋亡，元廣徵賢士，每以枋得爲首，皆辭不起。及世祖至元廿五年（西元1288年）尚書留夢炎復薦，亦不起，且遺之書曰：「今吾年六十餘矣，所欠一死爾，豈復有他志哉！」〔註3〕終不行。福建行省參政魏天祐，欲薦枋得爲功，因強之而北，枋得自是不食彌旬，不死，乃復食。將行，士友餞詩盈几，張子惠有詩曰：「此去好憑三寸舌，再來不值一文錢」句，〔註4〕枋得會其意，甚稱之，遂復不食，及至燕京，問謝太后攢所及瀛國公所在，再拜慟哭。已而病，過憫忠寺，見間曹娥碑，泣曰：「小女子猶爾，吾豈不汝若哉？」〔註5〕終不食而死，時世祖至元廿六年（西元1289年），年六十四，門人私諡文節，世稱疊山先生。

枋得一生行誼，林景熙曾有詩讚曰：

> 權臣坐偃月，棄官如飄蓬。及茲顚沛秋，翻然挺孤忠。一死未得所，周羅挂飛鴻。渡淮已不食，蛻稿夷齊風。何人續遷史，表爲節義雄。〔註6〕

貳、作品分析

枋得《疊山集》計十六卷，中錄詩三卷，現存近體詩五十六首，

于揚州獄中。毋夫人以老疾得免。李氏不屈死于獄中，惟二子熙之、定之得還。」又據李源道〈文節先生謝公神道碑〉一文記曰：「……信守將悉捕公妻子弟姪送建康獄，夫人李氏有容德，有廉帥者欲妻子，一夕自經死，弟某、姪某及一女二婢皆死獄中，惟二子熙之、定之移獄廣陵得釋。」二文均收錄於《疊山集》卷一六。

〔註3〕參見《宋史》卷四二五、列傳第一八四、〈謝枋得傳〉，頁12689。

〔註4〕張子惠〈送疊山北行〉原詩曰：「打硬修行三十年，如今證驗做儒仙。入皆屈膝甘爲下，公獨高聲罵向前。此去好憑三寸舌，再來不值一文錢。到頭畢竟全清節，留取芳名萬古傳。」錄於《疊山集》卷二。

〔註5〕同註3。

〔註6〕參見《霽山集》卷二。

古體詩十五首。

　明劉儁於《疊山集》前序曰：

公之爲文，一字一語悉忠孝之所發。即是足以見公之德而
能感人於千載之下。如讀上程雪樓書，則孰不興夫孝？而
世之忌親奪情者，始見而不仁。讀上劉忠齋書，則孰不慕
乎忠？而世之棄君保身者，始知爲不義。其餘諸作，無一
不在，是所謂扶世道，植綱常，以成人之德者，誠有賴焉。

疊山文如此，其詩亦然。今試徵引數首以觀。如〈思親〉五首：

九十萱親天下稀，十年甘旨誤庭闈。臨行有懇慈心喜，再
覩衣冠兒便歸。

九十萱親天下稀，吾王何在子何之。倚閭旦暮無他念，一
片好心天得知。

九十萱親天下稀，人無容力荷天慈。衣冠禮樂江都聚，此
是癡兒奉母時。（錄三首）

此詩作於壬午（即元世祖至元十九年，西元 1282 年）九月，時宋已
亡，枋得遁隱閩中，不得親侍母側。顧念高堂老母倚閭盼歸，因以詩
代書，稟告高堂，謂待河山光復日，自是癡兒返鄉時。詩雖在寬慰母
懷，然枋得對不克盡孝之悵恨之情顯然可見。

　宋恭帝德祐二年（西元 1276 年），信州失守，枋得棄母拋妻不顧
子而逃。雖妻子弟姪并死于獄，〔註7〕亦無所顧恤。不知者，或謂其
不仁，殊不知其之遲回也，乃思有所爲也。〔註8〕枋得平日事親，克
盡孝道，〔註9〕然當國家淪亡之際，能移孝作忠，發而爲愛國家、愛

〔註7〕此可參見註2。枋得一門率皆忠義之士，妻李氏，守節自縊於建康
　　　獄中；長弟禹，在九江以不屈斬於市；季弟君烈、君澤，俱死於
　　　國事；伯父徽明，爲當陽尉，與元兵戰死；二子趉進抱父屍死；
　　　子定之賢而文，累薦不起，一門襃崇忠節奏詞，錄於《疊山集》
　　　卷一六。

〔註8〕參見《疊山先生文集・序》。

〔註9〕《疊山集・前序》曰：「昔公之尊考嘗倅潯以事忤董使者（即董槐），
　　　被劾以死，暨公登第，而董執政，公誓不與相見，竟不葺參以歸。
　　　日以奉母爲事，務得懽心。」

民族之大孝,挺身奮發,義無反顧。觀思親詩中有所謂「吾王何在子何之」語,則枋得公而忘私之大我精神,誠屬可貴。南宋敗亡,枋得之所以不效魯仲連蹈海死者,除以國事為念外,只以高堂老母猶在耳,觀其〈答程文海辭聘書〉曰:

> 宋室孤臣,只欠一死,所以不死者,以九十三歲之老母在堂耳。〔註10〕

是枋得雖心繫故朝,然其孝思並未嘗稍戢也。

　　然枋得既隱於閩中,一片忠誠義節,每以龔勝自喻,如〈和曹東谷韻〉詩曰:

> 萬古綱常擔上肩,脊梁鐵硬對皇天。人生芳穢有千載,世上榮枯無百年。此日識公知有道,何時與我詠遊仙。不爲蘇武即龔勝,萬一因行拜杜鵑。

又〈求紙衾〉詩:

> 避世知無地,危身只信天。寧持龔勝扇,不著挺之綿。養性眞同道,知心有宿緣。紙衾加惠絮,晴日臥雲邊。

又〈和葉愛梅韻〉詩:

> 道逢患難正當行,禮食重來孰重輕。綠鬢行藏堪檢點,白頭去就要分明。了知死別如龔勝,未必生似子卿。緯地經天文不喪,許君獨擅大聲名。

又〈和毛靜可韻〉曰:

> 孟韓相慕久懸懸,恨不論詩早十年。吾道不行知有命,斯文將喪更由天。此生何恨爲龔勝,來世誰能知少連。不信無人扶宇宙,是邦豪傑已林然。

是枋得對不臣事王莽,絕食而死之龔勝,早已心嚮往之。且不獨龔勝,子卿、少連之忠義行止,亦予其精神莫大之鼓舞也。嘗自誦曰:

> 清明正大之心,不可以利回;英華果銳之氣,不可以威奪。
> 〔註11〕

〔註10〕引自〈上程雪樓御史書〉,錄於《疊山集》卷四。
〔註11〕參見〈監察御史李奎襃崇忠節奏詞〉,錄於《疊山集》卷一六。

又曰：

> 人可回天地之心，天地不能奪人之心。大丈夫行事，論是
> 非，不論利害；論逆順，不論成敗；論萬世，不論一生。
> 志之所在，氣亦隨之；氣之所在，天地鬼神亦隨之。〔註12〕

是以當魏天祐強其之北，枋得以行有期，死有日，爲詩別其妻子良朋曰：

> 雪中松柏愈青青，扶植綱常在此行。天下久無龔勝傑，人
> 間何獨伯夷清。義高便覺生堪捨，禮重方知死甚輕。南八
> 男兒終不屈，皇天上帝眼分明。〔註13〕

又〈辭洞齋華父二劉兄惠寒衣〉詩曰：

> 平生愛讀龔勝傳，進退存亡斷得明。范叔綈袍雖見意，大
> 顛衣服莫留行。此時要看英雄樣，好漢應無兒女情。只顧
> 諸賢扶世教，餓天含笑死猶生。

讀此二詩，則知枋得此番北行，自有計議也。然其門人恐先生不能全節以終，紛紛勉之以詩，以壯其行，如蔡正孫詩曰：

> 山色愁予渺渺青，平生心情杜鵑行。霜饕雪虐天終定，晚
> 歲江空水自清。肩上綱常千古重，眼前榮辱一毫輕。離明
> 坤順文箕事，此是先生素養明。

又王濟淵詩曰：

> 希夷何意出山中，心事當年漢臥龍。行止但憑天作主，別
> 離初不淚沾胷。定知晚菊能存節，未必寒松肯受封。大義
> 昭明千載事，前程儘更好從容。

枋得爲表明其卓然不屈之志，一渡采石，即僅進食少量蔬果，既至燕，遂絕食，其〈絕粒偶書二首〉詩曰：

> 舟府金童善主家，百神聽命靜無譁。從今何必餐松柏，但
> 吸日精吐月華。龜嘲甘露爭先到，鳳吸醴泉隨後來。投在
> 太清仙酒甕，道人日飲兩三盃。

又〈崇眞院絕粒偶書付兒熙之定之并呈張蒼峰劉洞齋華甫〉詩曰：

> 西漢有臣龔勝辛，閉口不食十四日。我今半月忍渴飢，求

〔註12〕參見〈與李養吾書〉，錄於《疊山集》卷五。
〔註13〕此詩詩名爲〈初到建寧賦詩〉一首，錄於《疊山集》卷二。

死不死更無術。精神常與天往來，不知飲食爲何物。若非
功行積未成，便是業債償未畢。太清群仙宴會多，鳳簫龍
笛鳴瑤瑟。豈無道兄相提携，騎龍直上寥天一。

讀此二詩，知枋得死志已決。故雖留夢炎使醫持葯雜米飲進之，枋得
勃然怒曰：「吾欲死，汝乃欲我生耶！」〔註14〕遂棄之於地，終不食
而死，達成其效倣伯夷、叔齊、龔勝等不食異姓之粟而身亡之夙志。
留予後人無限敬仰之情。

大抵謝枋得詩，多忠義之氣，觀前所引錄諸詩即是。除此之外，其
平日抒懷小詩，亦皆寄託遙深，自饒逸致，茲再舉數詩以觀，如〈花影〉：

重重疊疊收拾去，幾度呼童掃不開。剛被太陽收拾去，又
教明月送將來。

此以花影之重疊瑤臺，暗喻荒佞奸小之充斥朝廷。可謂南宋朝晚期政
壇腐敗之最佳寫照。又如〈菊〉詩：

淵明豈但隱逸人，淵明素懷諸葛志。清香不獨占秋天，菊
壇一滴三千歲。

此以淵明愛菊，似隱非隱之跡，寫己遁居閩中之志，其心迹，周岳剖
析甚詳，曰：

當天地之大變始，法已斁而綱淪。先生奮不顧身，欲扶人
道之倫，力雖不能救世，而心則常存乎君親，以孔明、子
房自期兮，奈時無可托者以遂志之伸，尋深山以隱。〔註15〕

枋得既以孔明、子房自期，其欲存有用之身，以待復讐雪恨之機，意
蓋甚顯，惜想與願違，不得不死，雖不能遂其初志，然其志乃固有足
多者，而永爲後人所景仰不置矣！

參、集　評

謝枋得雖有《疊山集》十六卷傳世，然集中文多於詩，是以歷來

〔註14〕同註3。
〔註15〕參見周密祭〈謝疊山文〉，錄於《疊山集》卷一六。

之詩評不多見，僅有如下：

一、梁昆《宋詩派別論》：

　　（謝枋得）詩淡而遠，清寒入骨。

二、李曰剛〈晚宋義民之血淚詩〉一文：

　　疊山詩多忠義之氣，憂國之情，清寒淡遠，自饒逸致。

第三章　鄭思肖

壹、生平傳略

　　鄭思肖，字憶翁，號所南，福建連江人。本名爲何，今已不可考，生於理宗淳祐元年（西元 1241 年）。〔註1〕父震，字叔起，號菊山，氣節挺然，有君子風。早年遊京師，即有聲譽，晚年主安定、和靖二書院山長，講明道學。志氣豪邁，嫉惡如仇，於思肖道德、行爲上之影響，可謂既深且遠，此可於思肖〈久久書後跋五〉得見：

> 我父今逝十八年矣。昔在膝下時，教我極嚴，隨事陳義，
> 啓其昏頑。行坐寢食，無一事一時而不教，且痛加之鞭撻，
> 直欲吐其心，納我胸腹間，使其速於人。……舉其大要，
> 則曰：「不能事親非孝也，不能事君亦非孝也，不能立身亦
> 非孝也。何也？辱於家也，故立身爲人子之終事。……汝

〔註1〕《新元史》鄭傳中，僅言思肖卒年七十八，未指其生卒確年。據心史雜文先君菊山翁家傳記載「先君……生於慶初己未，卒於景定壬戌，壽六十四，先君四十歲始生思肖」推算，所南應生於嘉熙二年（西元 1238 年）。然據大義集載：「德祐初年乙亥十二月初二日，寓哭陷虜，時我年三十五。」又陷虜歌前記：「德祐乙亥十二月二十八日作，又名斷頭歌。」而此歌中有句云：「今棄我三十五歲父母玉成之身，一旦爲氓受虜塵。」再證以寄同庚友絕句：「淳祐初年同下生，已經三十七番春。」則所南應生於淳祐元年。

> 不行吾之言，則汝非吾之子。」我母亦語我曰：「汝不行汝
> 父之言，汝不如死！」至今歷歷耳間，髮立汗下。

是菊山先生於思肖之管教甚嚴，而思肖亦畢生不忘庭訓，一以忠孝爲
立身之本。母樓氏，生前亦勉之以乃父菊山之志，以忠孝持身。妹名
普西，適人不諧，乃削髮爲尼，以修淨業。〔註2〕先生初爲太學上舍，
應博學宏詞科，侍父來吳，寓條坊巷，剛介有志。會元兵南下，叩閽
上太皇太后幼主疏，痛陳國事利害，辭旨切直，忤當路，不報，未幾，
宋亡，遂變今名隱吳下。思肖即思趙，憶翁、所南皆有寓義，〔註3〕
示不忘宋，北面他姓也。所居蕭然，坐必南向。矢志不與北人交接，
聞北語則掩耳亟走，人咸知其狷潔，弗怪也。〔註4〕遇歲時伏臘，則
野哭南向拜而返，人莫識焉。匾其室曰本穴世界，以本字之十置下文，
則大宋也。工畫墨蘭，然自更祚後，畫蘭不畫土，或問之，則曰：「地
爲番人奪去，汝不知耶！」不輕與人，雖權勢不可以強。趙子昂者，
才名重當世，先生惡其爲宋宗室，而受元聘，與之相絕，子昂數往見
之，終未得也。素不娶，孑然一身。賣其田宅，得錢則賙人之急，惟
留數畞，爲衣食資，仍謂佃者曰：「我死，汝則主之。」蓋不欲有家
也。自是行無定踪，凡吳中名山、禪室、道宮、無不遍歷。宋亡，念
念不忘君父，觀其〈前臣子盟檄文〉曰：

> 吾觀吾之身，天地之身，父母之身，中國之身。讀聖賢書，
> 學聖賢事，是與聖賢爲徒，奚敢化爲賊而忘吾君吾父吾母也。

〔註2〕〈先君菊山翁家傳〉曰：「先人生子女二人，思肖長焉。女弟適人，
　　　不諧，終願爲尼，修淨業。」《心史下‧雜文》，頁31。
〔註3〕陶宗儀《輟耕錄》卷二〇曰：「遂變今名，曰『肖』，曰『南』，義不忘
　　　宋，北面他姓也。」王逢梧溪集題宋太學鄭上舍墨蘭詩序曰：「『肖』
　　　與『南』何居？義不忘趙，北面他姓也。」並以「趙」釋「肖」，宋爲
　　　趙姓。「思肖」者，思宋也。蓋以「赤心懷趙日」（大義集即事八首之
　　　一）之「懷趙」同意，皆思趙氏宋室也。字「憶翁」，隱寓不忘家國也。
　　　號「所南」，示所志在南，期二王中興，不復北面臣事異族也。可參見
　　　文化大學楊麗圭碩士論文《鄭思肖研究及其詩箋注》第一章鄭思肖傳
　　　略。
〔註4〕參見陶宗儀《南村輟耕錄》，卷二〇，〈狷潔〉條，頁246。

又自我寫照之〈一是居士傳〉亦曰：

> 一是居士，大宋人也。生於宋，死於宋。今天下人矣以爲
> 非趙氏天下，愚哉！嘗貫古今六合觀之，肇乎有天地之始，
> 亘乎有天地之終。普天率土，一草一木，吾見其皆大宋天
> 下，不復知有皇帝王霸盜賊夷狄介於其間。

其民族思想之強烈足見。自是作詩以干支紀年，前繫德祐年號，不肯奉元正朔。〔註5〕及病亟，囑其友唐東嶼曰：「思肖死矣，煩爲書木主曰『大宋不忠不孝鄭思肖』。」語訖而絕，時元仁宗延祐二年丙辰（西元 1316 年），年七十八。蓋先生意謂不能死國爲不忠，未娶無後爲不孝。嘗自作象贊曰：「不忠可誅，不孝可斬，可懸此頭於洪洪荒荒之表，以爲不忠不孝之榜樣。」其內心之悲慟，自可想見。

　　思肖於宋社既屋後，遯迹世外，自稱三外野人，意謂不入儒釋道三教之凡夫也。嘗著《大無工十空經》，空字去工加十，即宋字也，寓爲大宋經。造語奇澀，如廋詞，人莫能曉，自題其後，謂嘔三斗血方能書此，後當有具眼者識之。又著有《釋氏絕食心法》一卷，今佚。《太極祭煉內法》一卷、《所南文集》一卷、《百二十圖詩》一卷、《錦錢集》一卷。明崇禎十一年吳郡承天寺眢井中濬得鐵函重匱，啓之則爲《心史》，黎庶遭憂之歎，中原左袒之悲，盡在其中矣。〔註6〕

貳、作品分析

　　思肖著作繁富。最能以詩人表達其忠義悲憤之思者，厥爲《心史》一書。今試以《心史》爲本，再參酌《百二十圖詩》、《錦錢集》等，

〔註5〕　觀《心史・最後盟言》一篇，自記曰：「大宋德祐甲甲甲甲甲甲甲甲甲甲，之癸未歲三月廿六日庚辰，孤臣三山所南鄭思肖憶翁敬盟。」連書十甲字，用意不可解，此處所書德祐癸未，實即元世祖至元二十年（西元1283年），上距宋亡已四年，距德祐帝之被擄，杭州失陷已近九年。

〔註6〕　此參見文化大學楊麗圭碩士論文，《鄭思肖研究及其詩箋注》，第一章，頁24。

以見思肖作品梗概。

《心史》，舊無傳本，明季出於蘇州承天寺井中，據明陳宗之所作〈承天寺藏書井碑陰記〉，記其事曰：

> 崇禎戊寅（西元 1638 年）夏，吳中久旱，城中買水而食，爭汲者相捽於道。仲冬八月，承天寺狼山房濬智井，鐵函重匱錮以堊灰，啓之，則宋鄭所南先生所藏心史也。外書「大宋鐵函經」五字。內書「大宋孤臣鄭思肖百拜封」十字。自勝國癸未，迄今戊寅，閱歲三百五十六載，楮墨猶新，古香觸手，當有神護。

所以《心史》又稱《鐵函心史》，別名《井中心史》。其大略，思肖在其總後紋中，已有明言：

> 《咸淳集》一卷，《大義集》一卷，《中興集》二卷，計詩二百五十首，雜文自盟檄而下凡四十篇，又前後自序五篇，總目之曰《心史》。

據是可知，心史所收之詩，共分四卷，而其寫作時代爲下：

《咸淳集》一卷，選存咸淳四年戊辰至十年甲戌間之作。

《大義集》一卷，選存德祐元年乙亥至景炎二年丁丑間之作。

《中興集》二卷，均係宋帝昺祥興二年乙卯夏迄元至元十七年庚辰秋之作。

《心史》一書眞僞之辨，歷來爭論頗多，文化大學楊麗圭碩士論文《鄭思肖研究及其詩箋注》，對此問題論述頗詳，今不贅紋，茲引姚際恒《古今僞書考》，以見鄭思肖著作《心史》之不虛：

> 宋鄭思肖心史，相傳出於姚士粦，世因謂姚造。余按心史言辭甚多，而且鬱勃憤懣，自是一種逸民具至性者之事，非可僞也。叔祥與胡孝轅輩好搜古集，謂于吳門承天寺井中得之，林茂之序謂僧君慧浚井所得，未敢附和以爲僞書。
>
> 〔註7〕

綜觀心史諸詩，皆至情至性血淚凝成者，自非未遭亡國之痛者所能爲

〔註 7〕參見姚際恒《古今僞書考・附陵子（下）・附辨》。

之，眞思肖之作也。

　　至於詩文集而竟以史名者，思肖曰：

　　　夫天下治，史在朝廷，天下亂，史寄匹夫。史也者，所載
　　　治亂、辨得失、明正朔、定綱常也。不如是，公論卒不定，
　　　亦不得當史之名。史而匹夫，天下事大不幸矣！我懼大變，
　　　心疼骨寒，力未昭於事功，筆已斷其忠逆，所爲詩，所謂
　　　文，實國事、世事、家事、身事、心事係焉。……紙上語
　　　可廢壞，心中事不可磨滅。……以是敢誓曰心史。〔註8〕

是思肖已自認其詩文內容，具備有史之實質與史之價值。雖然，他曾
一再自謙不配作史，而只在保存若干史料，然於宋祚傾覆，民族生機
面臨絕繫存亡之關鍵時期，思肖心史，無疑爲繫民族正氣於風雨晦冥
之天地間之重要著作。

　　大抵歸納思肖詩，有如下幾類：

一、忠君愛國、憎恨異族

　　思肖既非思想家，亦非學者；既無官守，復無言責，一介書生，
生當衰世。自幼稟受庭訓，以忠義自勉。〔註9〕目睹國家殘破，山河
蒙塵，雖一片忠誠，然以力微無救於社稷，只得將其激昂慷慨之氣概；
洶湧澎湃之熱情；呼天搶地之哀怨與悲痛欲絕之心聲吐露於紙上，借
以表忠烈，誅忠邪，昭後世以大義，爲民族存正義，爲天地立綱常。
《中興集‧前序》思肖曰：

　　　五六年來，夢中大哭，號叫大宋，蓋不知其幾，此心之不
　　　得已於動也，非歌詩無以雪恨，所以皆厄挫悲戀之辭。

其愛國之精誠，念茲在茲，成爲其整個生命之內涵，是以此類作品約
佔其詩之大部，如〈寫憤〉、〈此心〉、〈即事〉八首、〈偶成〉二首、〈陷
虜歌〉、〈自題大義集後〉、〈勵志〉、〈無題〉五首、一礪至二十礪、〈大
宋地圖〉歌等等皆是。茲試舉七律二首：

〔註8〕參見《心史‧總後敍》，錄於《心史下》，頁87。
〔註9〕可參見本文鄭思肖生平傳略之詳述。

〈偶成〉二首之一：

> 劒氣熒熒夜屬天，忍觀禾黍廢蒼煙。夢中亦問朝廷事，詩後唯書德祐年。花柳有愁春正苦，江山無主月空圓。如今好棄毛錐子，望北長驅馬一鞭。

〈鴈足〉：

> 鴈足冥冥未報歸，此心裂醉有誰知。一懷憤悉心唧苦，兩鬢鬅鬙髮倒立。醉後愛歌諸葛表，生來恥讀李陵詩。喜吾筋力猶強健，願爲朝廷理亂詩。

思肖詩一本性情之正，多感慨豪邁，感時撫事，出之於心之摯誠。其於《大義集‧前序》曰：

> 每一有作，倍覺哀痛，直若鋒刃之加於心，若語流出肺腑間。

觀前所引二詩，工整典重，雖充滿家國身世悠悠之悲歲，然絕不衰頹喪志。字字眞誠，語語忠愛，道出一股忠臣義士之責任感，實令人肅然起敬，誠民族勵志文學之最佳典範。

思肖緣於一念誠心與滿腔熱血，每能以最簡練精闢之語言，道出家國之情，民族之愛，故其絕句詩，亦每多佳作。

〈南望〉：

> 南陽遙望見舂陵，殘雪初消霽日升。鬱鬱蔥蔥有佳氣，漢家天子必中興。

〈絕句十首〉之三：

> 玉輦愁經草地腥，酸風頻捲馬頭塵。我朝三百年忠厚，不信山河屬別人。

此種「大宋不以有疆土而存，不以無疆土而亡。」〔註10〕「足、大宋地！首、大宋天！身、大宋衣！口、大宋田！」〔註11〕之信念，自始至終爲思肖中心思想所在。形之於詩是「此世但除君父外，不曾別受一人恩。」〔註12〕「此地暫胡馬，終身只宋民。」〔註13〕「寧可枝頭抱香死，何曾

〔註10〕參見《心史‧宋鄭所南先生自跋》，錄於《心史下》，頁89。
〔註11〕參見〈思肖陷虜歌〉，錄於《心史上‧大義集》，頁25。
〔註12〕此〈過徐子芳書塾詩〉，原詩爲：「天垂古色照柴門，昔日傳家事具

吹墮北風中。」〔註14〕之矢志衷心。思肖所流露之愛國熱情，誠可謂沸騰澎湃，對於北韃必滅，大宋必興信心之堅定，幾乎到了迷信之程度，是可以「愛國狂」目之，然此正是其偉大處，亦正是其流芳千古之所在。

　　總論此類作品，大多辭意慷慨，氣勢磅礴，思肖對大宋宗室不變之忠貞，對胡元滿心之憎恨，暨其對河山重復期待之深，於焉可見。

二、記錄史實、褒忠頌義

　　前已言及，思肖《心史》誠一部國事、世事之記載，而於《中興乙集》前小序，思肖亦云：

> 今陷身不義，蠱傷于心，期翦滅此而後朝食。凡有所作，
> 意在大事，不敢彙篇風雲月露之妙，鑄爲獨樂之辭。

是思肖《心史》，誠一部血淚亡國錄矣。今試觀其〈五忠詠〉詩云：

> 舉家自殺盡忠臣，面仰青天哭斷天。聽得此人歌裡唱，潭
> 州城是鐵州城。〔註15〕
> 大駕迢迢已北行，淮南猶守北州城。只謀渡海南歸國，不
> 意忘軀博得名。〔註16〕
> 殺氣盤空白晝陰，始終不變似精金。直疑碧落三更日，來
> 作將軍一片心。〔註17〕
> 健兒三百陷胡塵，匹馬孤騰勇過人。至死執刀猶罵賊，自

存。此世但除君父外，不曾別受一人恩。」
〔註13〕此〈德祐二年旦歲二首〉之一，原詩爲：「有懷長不釋，一語一酸辛。此地暫胡馬，終身只宋民。讀書成底事，報國是何人。恥見干戈裡，荒城梅又春。」
〔註14〕此〈題菊〉詩，原詩爲：「花開不並百花叢，獨立疏籬趣未窮。寧可枝頭抱香死，何曾吹落北風中。」
〔註15〕思肖註曰：「制置李公芾公之忠義最烈，古未有之，所聞未及其詳，故未敢書，今虜亦祠祀之矣。」
〔註16〕思肖註曰：「丞相李公庭芝公受刑後，書吏夏澂冒險白於虜酋阿朮，丐公之屍，斂棺葬於揚州堡城司空廟後，人皆危之。澂亦義士也。」
〔註17〕思肖註曰：「察使姜公才公至死罵賊不絕口，且劇口罵夏貴、李公庭芝爲淮東制置，姜公爲制置府都撥發官。凡李公得堅守淮東，死爲忠臣者，皆姜公之力也。」

言不作兩朝臣。〔註18〕

玉殿辭春陷馬塵，忍將殭穢汙貞身。能行男子難行事，羞

殺朝中投闕人。〔註19〕

每首詩前，思肖皆簡述所詠忠烈士之偉績，不惟堪補正史之闕，而褒

忠頌義更可啓迪後學繼起效尤之赤誠，實為匡正人心，維繫正統之

作。再觀〈追獎〉一詩云：

誰謂匪人賤，猶懷事賊羞。挺身持大義，正語叱狂酋。名

在春秋豔，骨香花不愁。有靈知國事，地下笑王侯。〔註20〕

毛惜惜，乃一軍妓，身分雖卑徑，然於城叛之日，猶知忠節大義，以

身死國，正史固所不載，惟賴《心史》補記，其事略始得彰顯不朽。

除詠本朝人物及其事略偉績外，思肖尚有不少吟詠前人事略以寄寓褒

貶之詩，如〈詠蘇李〉詩曰：

同為武帝一時人，忠逆分違感慨深。（蘇李泣別圖）

一心只夢歸飛國，雙眼何曾看見羊。（蘇武牧羊假寐圖）

又藉勾踐事，示宋必興：

十年勾踐亡吳記，七日包胥哭楚心。（二礪二首之一）

觀此三詩，夾敍夾議，而春秋義法自在。思肖當不辱其所謂「記詩為

史筆傳聞」之志矣。〔註21〕

〔註18〕思肖註曰：「都統王公安節　節使王堅之子，在常州與賊戰，所部三
　　　　百軍皆陷，公雙刀孤戰，殺賊不計數。賊嘗擲示十萬戶金牌與之，
　　　　不受，口則罵，手則殺，以馬失利而死。虜賊咸稱其能死戰也。」

〔註19〕思肖註曰：「隨駕內嬪某氏隨駕北狩內嬪某氏，虜酋屢欲犯之，以其
　　　　吐語貞烈，竟不可得，乃書於裙帶上曰：誓不辱國，誓不辱紙。遂
　　　　自經於虜館。死後為虜人分臠其肉食之。」

〔註20〕思肖註曰：「毛惜惜，高郵軍妓也。理宗朝，榮全據高郵城叛，召惜
　　　　惜佐酒，惜惜怒叱之曰：汝本趙官家健兒，何敢反耶？吾有死耳，
　　　　不能為反賊行酒。榮其刃裂其口，立命臠之，罵至死不絕聲。嗟夫，
　　　　今之男子挺挺讀書學為君子者，反蕩然掃地矣，不知此婦人既失身
　　　　汙賤，果何所學何所見而臻於是。吾豪傑士也，崢嶸之氣不為世變
　　　　消鑠，此國家仁義涵養之所致，其不待文王而興可也。扼腕時艱，
　　　　追憶惜惜之事，今實不易得，故賦以美之。」

〔註21〕引自〈哀劉將軍〉詩：「萬重圍裡脫兵氛，匹馬勤王志不分。既抱

思肖於《心史‧總後序》嘗言及史之價值曰：

> 史也者，所以載治亂，辨得失，明正朔，定綱常也。

而於〈大義略敍〉文末復提及作史之難曰：

> 作史最是至難之事，且處於堂內之人，門戶之事，聞或不
> 真。兩造在庭，尚不得其情，懸隔臆度，豈無失誤。

然爲民族存正氣，爲民族立綱常，思肖仍一本史家作史之態度，秉春秋之筆，嚴夷夏之防，義正嚴詞，令讀者肅然起敬。誠如明張國維於《心史‧序》所言：

> 居恒弔文信國精忠大烈，千古無兩。而前史所載閒有繹緩
> 不脫弱宋氣，私殊訝之！今睹此書，始知忌之者之點染之
> 也，使當時執簡以往，事遂著名，九死無憾，然恐觸忌而
> 此史與此身同盡，無益，徒絕傳信也，故寧善藏其用，俟
> 之後世三百五十餘年，不濡不滅，信國諸英魂實呵護之，
> 珥筆君子宜急取以補前史孤忠實錄，良在茲也。

不僅能闡發思肖之苦心曲爲，而對其書在史學上之價值亦慨乎其言之矣。

三、詠物寄志

趙宋國祚結束之後，繁華昇平不再，國族淪覆之傷痛，深深震撼思肖之心絃。而處於異族統治之下，滿腔故國家山之思緒，時移事變之感慨，實有假借詠物之外衣，以寓家國之念、身世之感。如〈題菊〉詩：

> 花開不並百花叢，獨立疏籬趣未窮。寧可枝頭抱香死，何
> 曾吹墜北風中。

北風，喻北方之元韃子。而以菊花自喻獨立堅強，不因北風之吹凌而凋墮，充分流露其疾風勁草、嚴霜貞木之氣節。又〈南山老松〉詩曰：

> 凌空獨立挺精神，節操森森骨不塵。半夜波濤驚鶴夢，幾

忠貞讐敵國，莫於成敗議將軍。身前名照江南月，地下心銜塞北
雲。爲痛英雄併消沒，託詩爲史筆傳聞。」《心史‧中興集乙》，
頁 62。

> 番風雨護龍身。心貞寧受歲寒變，氣老常涵古意新。終見
> 取得梁棟去，素煙空鎖碧嶙峋。

此以老松歲寒挺拔，高節不屈以喻志。他如〈詠竹〉詩：「此君氣節極偉特，令人愛之捨不得。」〈觀雪〉詩：「吾獨愛觀雪，心與雪同色。」〈墨蘭〉詩：「抱香懷古意，戀國憶前身。」〈題墨蘭〉詩：「純是君子，絕無小人，深山之中，以天為春。」等等，是詩不特寫物，亦寫己身之飄零，與夫惓惓故國之哀慟，是皆託物寄興之佳作也。

元人入主中原之後，壓迫漢人唯恐不力，子女玉帛，田園廬舍，予取予求，致民不聊生，國無寧日。思肖有感於苛政之凌虐，與漢人所處不平等之待遇，除以松、梅、竹、菊等物以明己卓然不屈之志外，思肖別有作品暗喻元統治者收刮之酷，藉以嘲諷元廷。觀〈小春花〉一詩：

> 天地無情正北風，飛鴻哀咽亂雲中。此時縱使開千樹，不
> 及東皇一點紅。

北風無情肆虐，飛鴻哀咽，誠可謂元廷統治下蒼生悲鳴悽慘之象。又〈梅花〉一詩：

> 寒結癡陰慘物華，莫將憔悴聽胡笳。明年無限風花在，奪
> 得春回是此花。

縱使大地一片蕭瑟，梅花必將奪得春回，直喻漢族終將奪回政權，興復漢地。

思肖以身歷亡國之痛，緬懷家國，因物起興，寄託遙深。語氣雖多感慨悲嘆，然心志依舊激昂慷慨。觀思肖詠物詩中所述之物，咸松、梅、蘭、菊、雪等歲寒之物，此或與其性之所嗜有關，除工畫墨蘭〔註22〕外，〈一是居士傳〉尚記曰：

> 性愛竹，嗜餐梅花，又喜觀雪，遇之過於貧人獲至寶為悅。
> 〔註23〕

〔註22〕明夏文彥所著《圖繪寶鑑》曰：「工畫墨蘭，嘗見一卷，長丈餘，高
可五寸許，天真爛漫，超出物表，題云：『純是君子，絕無小人。』」
〔註23〕同註5書，第四章第三節，〈鄭思肖文學思想研究〉，頁177。

蓋梅者銜霜而發，冬日百卉凋瘁，梅始芳榮，且性愈寒則愈貞。竹則具貞堅高節之風。菊亦傲霜耐寒者。蘭生幽林而愈馨。雪則性浩潔，色踰玉粲。思肖鍾愛此數物，可知其性亦自抱貞心者，修道立德，不為窮困而致節。」此說誠是。以物比德，足見思肖清高絕俗之人格，與不屈服於逆境之氣概。此孤高志節，對於以宗室降元，靦顏事仇，而且官居翰林學士，代寇仇立言之趙孟頫，自然要不屑與之為伍了。

詠物之作，大都別有寄託，故此類作品，思肖多用曲筆，於情感之表現上，亦較含蓄。與諸直抒胸臆之作相較，雖乏直率自然之美，然二者是皆至情至性之作，是以感人之深自同。又思肖詠物寄情之作雖較少，然不同於其它遺民詠物詩者，既無形式隱晦之失，亦無內容頹靡之病，〔註24〕意象鮮明，情感熾烈，誠其詩作之一大特色也。

四、登臨抒感

此類作品，大抵皆收錄於《咸淳集》中。咸淳集係思肖於度宗朝所作。斯時，政治局勢雖已困厄動盪，然長江天險，朝野上下，依舊宴享不休，奢靡無度，〔註25〕不知國難之將至。思肖以詩人敏銳之洞察力，先天下之憂，有感於外患猖獗，國亡無日，登城望故國大好江山，懷舊歎逝，撫今追昔之感，自傾洩於詩文間，觀〈夏駕湖晚步懷古〉詩：

> 豈獨吳王事可憐，人生回首總淒涼。空嗟落日猶如夢，不記東風幾換年。寶馬跡消前古地，菱歌聲斷晚涼船。如今城廓都遷變，茅屋荒頹草積煙。

又〈重題多景樓〉詩：

> 無力可為用，登樓欲斷魂。望西憂逆賊，指北說中原。糧運供淮餉，軍行戍漢屯。何年逐所志，一統正乾坤。

文人雅士，登樓觀景，本賞心悅事，然在思肖視之，則有所謂「風景不

〔註24〕可參見政治大學陳彩玲碩士論文，《南宋遺民詠物詞研究》，第五章結論詳述，頁 169。

〔註25〕可參見本論文上篇第二章第二節，社會習尚。

殊，正自有山河之異。」之嘆，歷史殷鑒中，亡國之痛，故宮黍離之悲，昭昭在目，蓋有不能自己者，是以發爲詩文，不無感時憂國之慨。

然除却此憂感滿懷之作，於眾登樓賦詩作中，亦有些許流露著飄零閒散，乃至遯隱之情者。觀〈越州飛翼樓〉詩：

> 飛來絕頂上，流盼入無垠。國土東南闊，山川今古新。高樓臨白日，平地載青春。直欲蓬萊去，因風問大鈞。

又〈春日登城〉一詩：

> 城頭啼鳥隔花鳴，城外遊人傍水行。遙認孤帆何處去，柳塘煙重不分明。

此二詩頗具靜觀自得之趣，非心境平靜，無以爲之。深究思肖人生態度之轉變，或誠如其於《心史‧總後序》所自述之：

> 疇昔咸淳壬申（咸淳八年），嘗確然立志，悉委舊學，已絕筆硯文史，謀入山林，蛻去姓字，甘與草木同朽盡，敬以我還之於無聲無臭之天，向非德祐虜禍天下，無復賦詩作文矣。

以國事日非，未得所用，自不免有些意志消沈，亟思退隱，然思肖終究是一直承儒家道統之人，[註26] 是以一旦元兵南下，便又熱血沸騰叩閽上書，及至行都陷落，恭帝被擄，「驅除胡虜，光復宋室」之志，遂滋萌胸臆，一掃其遯隱避世之念。〈自題大義集後〉一詩曰：

> 長夜漫漫發浩歌，生民塗炭果如何。中興車馬修攘在，變雅君臣廢缺多。赤幟開明新日月，青氈恢拓舊山河。誓崇忠義誅姦逆，田海雖遷志不磨。

讀此慷慨長歌，復想曾經嚮往山野閒吟，徘徊於悠遊林下間之隱逸詩

〔註26〕宋代理學極盛，除一般道學先生，其餘政治家、文學家等均受理學影響，對于忠君、孝親、節義等事，矢志遵守，思肖亦然。今再觀其早年〈遊學泮宮記〉，以見其儒家思想：「我自卅六歲科學既斷之後，絕不至於學校，又卅一年，終不能忘其爲儒也。」又曰：「向使我早年不得父命，遊學伴宮，遊學四方，出而廣大其見聞，歸而我父開以天理，將何以正其心，何以終其身。」是思肖因襲其父菊山先生儒家思想，正心終身，無稍改渝，故先生節義凜然，死心宋室，是誠宋室之光也。

人鄭思肖，其毅然決然，共體時艱之情操，正是其人格之偉大處，千古以往，孰能及之。

五、隱逸、閒適

　　思肖除了有關激昂慷慨，積極熱烈與登臨寫景傷逝之作外，尚有不少恬淡清雅，而帶有禪心之詩。如〈遊觀音山懷鄉憎貴月溪〉詩：

> 天地一閒人，孤雲自在身。去來心不礙，語默意俱深。山疊千層樹，花連四望春。舊年同笑語，今日獨登臨。

又如〈僧房夜坐〉一詩：

> 說到死生處，令人羨出家。法身終不壞，濁世自無涯。梵夾金鎖字，經簾綵散花。擁爐待月上，溶雪煮春芽。

此二詩，簡淡高逸，思致深婉，思肖性情之恬淡可見。

　　此類作品之作，除緣於度宗八年，思肖志不得伸，亟思消極避世，然以德祐虜禍天下，終未如願外，光復宋室願望之遲遲未達成，心灰意冷之餘，方流棲禪林，寄情山水，思肖於〈大義略敍〉曰：

> 旦旦顒望中興，謂即刻可見。不料八年，今尚未復。如抱久餓思食，不能自活，但恐或者望南既久，意必墮於倦懶，陷北漸深，心亦隨之契化，卒陷於僑逆之地，此當世人心之大病也。

曾經，思肖假托佯狂，「晝夜焦思，欲舉大事」，[註27] 只緣書生舉事起義，自非易事，復國絕望，意欲深入山林遯世，其為三教記作序曰：

> 我自幼歲世其儒，近中年闖於仙，入晚境遊於禪，今老而死至悉委之。[註28]

又王晃〈題思肖〉云：

> 鄭所南胸次不凡，文章學問有古人風度，不偶于時，遂落拓湖海，晚年學佛作詩作畫，每寓意焉。[註29]

〔註27〕引自〈後臣子盟檄文〉，《心史・久久書》，頁75。
〔註28〕《太極祭鍊見法議略》卷下第四十二：「所南以儒而遊於釋老間，識見頗灑落，議論有根據，亦乃由翁菊山先生素有以成就之，故如是。」
〔註29〕參見鄭思肖《所南文集補遺》，《知不足齋叢書》。

是其老年之生活，已轉趨平淡恬適，當年革命之豪氣已盡化爲一抹輕煙，所餘的，只有靜觀天地與笑傲人生。《錦錢集》中有幾首詩，正足以代表思肖此年之心境：

> 晚年闔闖國，僑寓陋巷屋。屋中無所有，事事不具足。終不借人口，伸舌覓飯喫。以此大恣縱，罵人笑吃吃。
>
> 佯狂眞佯狂，踏醉東風影。一任東風吹，花意亂不定。鬧鬧人叢中，人人喚不應。借問老先生，莫教是姓鄭。
>
> 頭戴爛紗巾，脚踏破鞋底。不知以何道，琤琤宇宙裡。或恐是達人，勿乃是癡子。我亦欲問之，面冷是鐵鬼。
>
> 叫笑舞荒唐，面上生雪霜。一味呵呵笑，赤脚走四方。明月忽見憎，憎我太清枯。我亦罵明月，罵月弄光明。

於平淡生活中，依然「終不借人口，伸舌覓飯喫」，依舊早年「此世但除君父外，不曾別受一人恩」之無欲則剛之精神之延長，益見其壯志未酬之自嘲與自傷。

綜觀思肖一生；或誠如下二詩所述：

> 一身英氣射光芒，北定中原事轉長。落得兩篇出師表，至今只是漢文章。（〈百二十圖詩·孔明出師表圖〉）

又：

> 崛強數十年，只弄一枝筆。筆是無根花，日日常結實。千千萬萬顆，顆顆如紅日。日日採將來，布施十方佛。（《錦錢集》）

辛苦經營一生，終至落拓滿懷，思肖於沈埋《心史》之後，遁入空門，自有其可能。〔註30〕

參、集　評

綜觀思肖詩作，只在直抒胸懷，表達感情。嘗曰：

> 天地之靈氣爲人，人之靈氣爲心，心之靈氣爲文，文之靈

〔註30〕鄭思肖《心史》沈埋於大宋德祐甲之癸未歲，時光世祖至元二十年，可參見5。

氣爲詩。蓋詩者，古今天地間之靈物也。〔註31〕

又曰：

夫詩也者，心之動也。其動維何？因所悦所感所憂所苦觸
之爾。〔註32〕

足見思肖致力於詩道之精、之勤，他並非不詠他事、他物，只因宗社
鼎革，故宮黍離之悲，不能一日或忘所致。德祐以降，三宮在北，二
王在南，思肖心中之悲憤，自不可言喻，故發而爲詩，是精誠貫注之
愛國思想，及其不屈不撓之精神，自無暇復顧詩文之工否，思肖於〈題
拙作後〉詩曰：

我有詩一篇，率意懇切辭，但寫肺腑苦，不求言語奇。

又〈八勵〉詩：

篇篇字字皆盟誓，莫作空言只浪傳。

又《中興集乙・自序》云：

我苦心吟事二十年矣。……凡有所作，意在大事，不敢囊
篇風雲月露之妙，鑄爲獨樂之詞。亦不知其果爲詩，果不
爲詩也。……主於述懷，不以辭語爲選擇。

是思肖之賦詩作文，純爲國難所迫，而於酸楚沈痛下寫詩作文，自無
修辭之雅興；加以理學家強調文以載道之說，思肖自然輕辭藻，重內
涵。撲諸後學之評價：

一、袁子才〈評思肖前雪歌〉云：

宋人雪詩：「待伴不嫌鴛瓦冷，羞明常怯玉鈎斜。」已新矣。
鄭思肖〈雪〉詩：「拇戰素手自相敵，酒潮上臉紅不鮮。」
更新。〔註33〕

二、《四庫全書總目提要》曰：

文皆寒澀難通，記事亦多與史不合。

三、梁啓超〈重印心史序〉曰：

〔註31〕參見《百二十圖詩集・自序》。
〔註32〕參見《心史・中興集甲自序》，頁27。
〔註33〕見《箋注隨園詩話》卷一，頁11。

　　嗚呼！啓超讀古人詩文辭多矣。未嘗有振蕩余心若此書之
　　甚者。

四、劉大杰《中國文學發展史》曰：

　　其詩（鄭思肖）皆清遠絕俗，用象徵暗寫的手法，表現懷
　　戀故國的情緒。

五、梁昆《宋詩派別論》曰：

　　詩頗似錢仲文，高古獨妍，想憶翁肝膽皆冰雪也。

六、劉兆祐先生曰：

　　今檢視《心史》裡的詩，平凡庸俗，但作憤慨語，了無韻
　　味。〔註34〕

眾說褒貶不一，莫衷一是。然姑不論彼說之優劣與否，思肖詩作，誠
有其可觀之處。高祖蔭先生於〈影印心史後言〉一文言及思肖《心史》
之價值頗中肯的當，今試引之以爲本文之結束：

　　《心史》是一部亡國血淚錄，書中有文有詩，都充滿了民
　　族意識，和亡國的沈痛。有人說，這部書是喚醒中華民族
　　「國魂」的作品；如明末顧亭林、王船山，及傅青主等的
　　抗節不屈，恥事異族的精神，多半導源於此。辛亥革命以
　　前，若干的革命先烈，尤其是參加南社的志士，他們多受
　　了《鐵函心史》的影響，儘量的借詩詞以鼓吹民族思想，
　　而反抗異族的侵略。……我研讀了三、四遍，深覺其悲國
　　懷君的憤慨情懷，活躍於字裡行間，實爲一喚起人民反抗
　　異族侵略的洪鐘。

是《心史》之價值在史，不在文，今吾人讀思肖《心史》，苟以詩句
之典雅與否斷論其是非，是誠不能領會《心史》之高妙處也。

〔註34〕劉兆祐〈心史的著者問題〉，《書目季刊》第三卷第四期，頁29。

第四章　謝　翱

壹、生平傳略

　　謝翱，字皋羽，一字皋父。福建長溪（今福建霞浦縣）人，後徙浦城（在今福建省境）。生於理宗淳祐九年（西元 1246 年）。父鑰，性至孝，居母喪，哀毀，廬墓，終身不仕。通春秋，有《春秋衍義》、《左氏辨證傳》於時，〔註1〕翱世其學，倜儻有大節。

　　咸淳初，試進士不弟，落魄泉、漳間，及元兵南下，天祥大舉勤王之師，翱傾家貲募鄉兵數百從之，遂以布衣為天祥諮議參軍。天祥轉戰閩廣，至潮陽被執，翱則亡匿四方。及天祥身死國事，翱悲不能禁，隻影漫遊東南，其〈登西臺慟哭記〉曰：

　　　　余恨死無以藉手見公（指文天祥），而獨記別時語，每一動
　　　　念，即於夢中尋之，或山水池榭雲嵐草木與所別處及其時
　　　　適相類，則徘徊顧盼，悲不敢泣。又後三年過姑蘇，姑蘇、
　　　　公初開府舊治也，望夫差之臺而始哭公焉，又後四年而哭
　　　　之於越臺，又後五年及今而哭於子陵之臺。〔註2〕

────────────

〔註 1〕方鳳〈謝君皋羽行狀〉、宋濂〈謝翱傳〉、胡翰〈謝翱傳〉皆有詳記，
　　　　而《宋遺民錄》卷二收有此三文。
〔註 2〕參見《宋遺民錄》卷三。

皋羽之三哭也，固慟乎丞相；然慟丞相，則亦慟乎宋之三百年也，〔註3〕亦即「閔亳社之既屋也」，〔註4〕觀其登嚴子陵釣臺，嘗設天祥主，再拜哭祭，悲不可遏，乃以竹如意擊石，作楚歌招之，其辭曰：

　　魂朝往兮何極，莫歸來兮關水黑，化爲朱鳥兮有喙焉食！〔註5〕

歌闋，竹石俱碎，蓋哀之深而不自知也。後往來杭、睦間，與浦陽方鳳、永康吳思齊等甚厚，三人無變志，又皆高年，遂俱客吳氏里中，晝夜吟詠，不自休，因名會友之所曰汐社，「期晚而信，蓋取諸潮汐」。〔註6〕

　　始翱之遊也，非勝絕處不到，如鴈山、鼎湖、蛟門、碧雞、四明、金華等，皆見其游跡。猶愛子陵臺下白雲原，嘗曰：「吾死葬於此足矣。」〔註7〕及居錢塘，以肺疾作，卒於元成祖元貞元年（西元1295年），年四十七。當其病革瀕死之際，嘗語其妻劉氏曰：「吾去返鄉，交遊惟婺睦間方某、翁某等數人最親，死必以赴，愼收吾文及遺骨，候其至以授之。」〔註8〕已而方鳳、吳思齊等果至，葬子陵臺南，以文稿殉，且伐石表之曰：「粤謝翱墓」，並爲建許劍亭於墓右，從翱初志也。〔註9〕

　　先生性耿，不以貧累人，所居產薪若炭，率秋暮載至杭州易米，稍有餘裕，則濟助友朋。〔註10〕刻厲憤激，直欲起古人，意所不顧，

〔註3〕參見張丁〈登西臺慟哭記〉題下注，《宋遺民錄》卷三收此文。
〔註4〕參見金華許元書〈謝皋羽登西臺慟哭記後〉，錄於《宋遺民錄》卷三。
〔註5〕同註2。
〔註6〕參見方鳳〈謝君皋羽行狀〉一文，錄於《宋遺民錄》卷二。
〔註7〕參見《新元史》卷二四壹、列傳第一三八、〈謝翱傳〉。
〔註8〕參見《宋史翼》卷三五、〈謝翱傳〉，頁1504。
〔註9〕翱以朋友道喪，吳越無挂劍者，思集合同好名氏作許劍錄，勒諸石，未就而卒，方鳳等爲建許劍亭於翱之墓石，蓋從翱初志也，參見宋濂〈謝翱傳〉、方鳳〈謝君皋羽行狀〉。
〔註10〕參見鄧牧、〈謝皋羽傳略〉，《宋詩鈔·晞髮集》補鈔錄有此文。

萬夫莫回。〔註11〕每慕屈平，則託興遠遊，因自號晞髮子，蓋取《楚辭・九歌》所謂「晞汝髮兮陽之阿」義，現存《晞髮集》傳世。

貳、作品分析

　　據方鳳《謝君皋羽行狀》一文所述，則謝翱遺稿凡《手鈔詩》六卷、《雜文》五卷、《唐補傳》一卷、《南史贊》一卷、《楚辭等芳草圖譜》二卷，《宋鐃歌鼓吹曲》、《騎吹曲》各一卷、《睦州山水人物古迹記》一卷、《浦陽先民傳》一卷、《東坡夜雨句圖》一卷、《浙東西游錄》九卷等，其《唐補傳》以下，如編入集中，當共廿八卷，然世無傳本。今所能見者惟《晞髮集》，乃平湖陸大業家藏鈔本，其卷第已亂，陸大業以意釐定之為十卷，錄有《古近體詩》凡八卷，《記》二卷，較他本差為完善。〔註12〕
此外，尚有：

　　《晞髮近藁鈔》：錄詩凡五十餘首，當是末年未定殘章，別為一卷，流傳人間也。〔註13〕

　　《晞髮遺集補》：補錄皋羽續琴操哀江南詩四首。

　　《天地間集》一卷：乃翱所錄宋末故臣遺老之詩，凡文天祥、家鉉翁、文及翁、謝枋得、鄭協、柴望、徐直方、謝鑰等十七人詩，凡二十首。然考宋濂〈謝翱傳〉，稱《天地間集》五卷，則此非完書可知。

　　大抵謝翱詩以天祥兵敗被執，殉節燕京為分界。前期約當試進士未第，入天祥幕，任諮議參軍之時。此期所作詩，可謂極激昂慷慨之致，如〈宋鐃歌鼓吹曲〉凡十二篇、〈騎吹曲〉十篇等是，而內容率皆追述宋太祖之軍功文治，蓋乃激勵士氣之作，茲舉〈平荊湖遣將曲〉

〔註11〕翱無子，及終，其徒祠之月泉書院，此其祠詞也。參見宋濂〈謝翱傳〉、《宋史翼・謝翱列傳》。
〔註12〕參見《四庫全書・晞髮集提要》。
〔註13〕參見《宋詩鈔・晞髮近藁鈔補述》。

以觀：

> 天門雷動開風雲，內前盡給羽林軍。聖人神武授方略，斬
> 將騫旗各駿奔。王師所過如時雨，洗濯焦枯嚮荊楚。重宣
> 德意弔遺黎，素服軍前釋俘虜。全家到闕拜上恩，詔書爲
> 築先臣墓。

軍威盛壯，所向皆捷，昂揚之姿，令人奮發。再觀〈下劍門遺將曲〉：

> 神風流霆驅偃草，天兵夜下西南道。虎賁長戟來鳳州，歸
> 峽銜枚疾如掃。廟謨萬里諗諸將，山川曲折圖形狀。天同
> 鬼授契若符，坐滅罘罳虜供帳。歸來論功授節鎮，鐃歌殿
> 前歌破陣。

氣壯語豪，吳萊謂此詩「文句炫煌，音韻雄壯，如使人親在短簫鼓吹
閒」，〔註14〕洵非溢美之辭。

　　迨天祥繫獄，不屈而死，謝翱復國雪恥之望既成空，遂流落江
海，往來湖上，所作詩，乃轉爲凄慘哀怨，觀其古體、近體諸詩，
莫不充滿麥秀黍離之悲與堅貞忠誠之節，茲將其主要內容分述於
后：

一、緬懷故國

　　〈散髮〉詩曰：

> 乾坤一楚囚，散髮向滄洲。詩病多於馬，身閒不似鷗。因
> 看東流水，都是夜來愁。晚意落花覺，殘枝香更幽。

「身閒不似鷗」句，道出詩人心境之苦。亡國遺民，履雖故土，然朝
代更迭，人事全非，縱得徜徉山水間，又焉能效群鷗之翔翔？宋亡之
後，皋羽晞髮浪遊，曾一哭於姑蘇夫差之臺，再哭於越臺，三哭於嚴
子陵釣臺，其三哭也，實爲山河之淪陷，忠臣之不再而哀號，耿耿丹
心，豈後世無病呻吟者可堪比擬？

　　再觀〈效孟郊體〉詩曰：

> 落葉昔日雨，地上僅可數。今雨落葉處，可數還在樹。不

〔註14〕參見吳萊〈宋驍歌騎吹曲‧序〉，錄於《宋遺民錄》卷四。

愁繞樹飛，愁有空枝垂。天涯風雨心，雜佩光陸離。感此
畢宇宙，涕零無所之。寒花飄夕暉，美人啼秋衣。不染根
與髮，良藥空爾為。

此詩詩首以昔日雨中落葉，清楚可數起筆，而今風雨依舊，所可數者，
不再是地上落葉，而係枝上稀疏之殘葉爾。詩人躑躅天涯，懷著風雨
淒涼之情，不禁痛心疾首，涕淚交零，遑遑然無所投止。再從落葉想
到寒花，飄殘於夕暉之下，與美人擁秋衣而自傷髮白珠黃無異，縱有
染白髮為黑髮之良藥，亦徒喚奈何？此詩之表現手法，雖迂廻曲折，
然卻表露社稷覆亡與中原板蕩之悲哀，[註15] 近人瀠鋈於皋羽此詩嘗
有評曰：

他（謝翶）將哲學的理透過詩情美感，一層一層，愈轉愈
深，所欲說的只是哀河山之沈淪，宗廟之邱墟，欲說還休
的悲慟。[註16]

讀者苟能細細咀味品嚐，反覆吟詠，自能一睹詩人內心鬱結之情懷。

　　謝翶生不逢辰，當宋祚傾覆之後，漫遊天涯，因所見，寫所感，
詩多沈痛淒楚之音。效李賀，學郊、島，文字筆法不但酷似，甚且有
過之，觀前所引〈效孟郊體〉詩即是。然郊、島等之哀號，純係個人
之傷感，以寒澀酸苦別樹一格而已，未若謝翶之為國家民族與天下蒼
生悲慟。再觀〈送殘暑〉詩：

向已送殘春，當茲送殘暑。離尊雖不同，時節會有去。平
生若汗塵，欲避無處所。驪駒出商音，畏不將風雨。卻憶
別花時，紅塵挽衣履。回首漢諸陵，落日無窮樹。

似乎才送去殘春，而今又將引觴送殘暑，無奈之中，時光荏苒之嘆，
已表露於詩首殘春、殘暑之用。值此暑盡秋來之時，眼看天地蒼涼，
思及此身之遭罹世變，欲避無所，無限悲淒，盡在不言中。回憶過去
繁華熱鬧之生活，復回首望盡漢家陵寢，落日已淹沒於叢樹之間。觀

〔註15〕參見《宋詩選繹》，學海出版社，頁 134～136。
〔註16〕參見瀠鋈〈謝翶〉一文，錄於《公保月刊》，第二十卷，第九、第十
　　　　期，頁 20～22、25～26。

此詩末「落日」二字之用，實有深意，蓋以隱落之日，暗寓宋祚之淪亡也。

　　大抵謝皋羽詩，雖乏激昂踔屬之風，然每能以平淡直樸之表達手法，寄託幽婉含蓄之情懷，益發能令讀者洞悉其內心深沈之悲哀。

二、思憶友朋

　　謝翱對友朋極具熱忱，其〈寄鄧牧心〉詩曰：

　　　　杜鵑花開桑葉齊，戴勝芊生藥草肥。九鎖山人歸未歸？

鄧牧心，即鄧牧也，錢塘人，自號九鎖山人，〔註17〕謝翱素與之善，據載：「初與之論文不合，後乃相推敬。牧薄遊山水間，君病篤，望牧不至，懷以詩云：『謝豹花開桑葉齊，戴勝芊生藥草肥，九鎖山人歸未歸。』蓋絕筆之作」〔註18〕是此三句詩，乃謝翱思牧之不至而作也。觀詩中所謂「戴勝」，鳥名也，由杜鵑、飛鳥中思念舊友，自有悠悠不盡之韻。又〈書文山卷後〉詩曰：

　　　　魂飛萬里程，天地隔幽明。死不從公死，生如無此生。丹
　　　　心渾未化，碧血已先成。無處堪掉淚，吾今變姓名。

對於不能從文天祥而死，皋羽道出其終生愧憾。又〈西臺哭所思〉詩：

　　　　殘年哭知己，白日下荒臺。淚落吳江水，隨潮到海廻。故
　　　　衣猶染碧，后土不憐才。未老山中客，唯應賦八哀。

魏王粲、曹植；晉張載皆有所謂之七哀詩，七哀者，蓋痛而哀、義而哀、感而哀、怨而哀、耳目聞見而哀、口歎而哀、鼻酸而哀等，即一事而七者具也，謂之七哀。〔註19〕今皋羽之哭天祥，而曰：「未老山中客，唯應賦八哀。」其內心悲痛之逾前人，可以想知。

　　此外如〈十日菊哭所思〉：

　　　　籬菊是秋鄰，青鞋幾日新。忽逢初過節，相憶早衰人。囊
　　　　枕離相濕，今杯度嶺貧。想應無事業，遙念更沾巾。

〔註17〕可參閱本論文附錄所收南宋遺民詩人一覽表、鄧牧生平。
〔註18〕參閱元吳師道《吳禮部詩話》，錄於《歷代詩話續編》中冊，頁616。
〔註19〕參見章祖程註〈林景熙寄懷〉詩，錄於《霽山集》卷一。

至〈日憶山中客〉：

> 山村雲物外，至朔閏年愁。獨客語茅屋，樵人共白頭。驛
> 花殘楚水，烽火到交州。欲隱裂裳帛，春來重結裘。

〈哭所知〉：

> 總戎臨百粵，花鳥瘴江村。落日失滄海，寒風上薊門。雨
> 青餘化血，林黑見歸魂。欲哭山陽笛，鄰人亦不存。

觀此三詩，率皆哀傷沈鬱，思憶故舊，而至於斯，可見皋羽性情之眞也。

三、寫實記實

　　元統一天下之後，以異族入居中原，視漢民族爲草芥，肆意生殺
予奪，官吏橫征暴斂，致社會上饑荒處處，生民流離失所。此種種社
會慘況，皋羽詩中每有所記，如〈廢居行〉曰：

> 海濤翻空秋草短，白蛇入窠喈雀卵。經手廢屋無居人，孕
> 婦夜向船中產。歸來多雨白生魚，穴蟲祝子滿户樞。鄰家
> 置屋供官役，買得沂王園令宅。

海濤翻空秋草短，一片蕭瑟之景象，點出整詩之無奈。白蛇喻橫強之
侵略者，百姓不堪其擾，人去屋閒，荒涼可知。鄰家爲了供官役，尚
得買下沂王園宅。百姓在國破家亡，侵略者予取予求下，委曲求全之
況可以概見。又如〈商人婦〉詩：

> 抱兒來拜月，去日爾初生。已自滿三歲，無人問五行。孤
> 燈寒杵石，殘夢遠鐘聲。夜夜鄰家女，吹簫到二更。

由年已三歲，仍未曾謀過父面之小孩童身上起筆，寫出商人婦子孤苦
無依、窮愁困挫之生活。整首詩不見國亡家滅之悲哀，然字字句句卻
又傳達出宗國淪亡之下，遺民無助之哀號。

　　除對社會普遍現象有所記敍外，皋羽對時代所發生之大事，亦加
描述，如〈冬青樹引別玉潛〉詩：

> 冬青樹，山南隴。九日靈禽居上枝，知君種年星在尾。根
> 到九泉護龍髓。恒星晝隕夜不見，七度山南與鬼戰。願君
> 此心無所移，此樹終有開花時。山南金粟見離離，白衣人

拜樹下起，靈禽啄粟枝上飛。

此詩記元僧楊璉眞伽發有宋諸陵之事。詩中「靈禽」、「龍髓」則暗指其地埋有皇家骸骨。「知君種年星在尾」與唐玉潛〈冬青行〉之「犬之年、羊之月」〔註20〕同指種樹時間，在元世祖至元二十三年也（西元 1286 年）。「七度山南與鬼戰」指收骨埋骨之經驗，「鬼」指元人及漢奸，亦可見黑夜中在山野收骨埋骨之艱難。「願君此心無所移，此樹終有開花時」則告諭後來者，只要心志堅定，忠貞不屈，終必收復故土。而末句之「白衣人拜樹下起，靈禽啄粟枝上飛」則謂謝翱與其它志士祭奠新墳，而墳中靈魂化作靈禽向上飛昇之意。〔註21〕

　　大抵此類詩，皋羽皆本其所見所歷而直書，故敍事詳實，誠有助於後人對元初社會民情之瞭解。

四、因物興感

　　大自然中之物，每每易予人不同之聯想，尤以南宋遺民遭遇世變，最易因物而興發飄泊之感、滄桑之慨，皋羽固不能獨免，如池上萍：

　　浮萍隨漲水，上到荷葉端。水退不得下，猶粘花萼間。花殷青已見，葉翠枯始斑。何如根在水，根帶相團團。人生慕高遠，風雲躋攀絕。聲尚號叫化，化爲猿與鶴。幸未及枯槁，萬里吾當還。

浮萍因水之高漲而飄上荷葉頂端，及水去不得下，致翠葉始現枯色，此自然界中之小奇景，常人觀之，視爲當然，然於皋羽眼中，自別有深意。蓋身處紛雜不安之時局中，偶因浮上萍而頓悟生命之瞬息萬變與無根之悲哀，因爲詩抒感，且寄其歸隱之志也。

又〈雪〉詩：

　　片片知何似，無根零落花。任隨飛到處，不減是誰家。縫

〔註20〕唐潛〈冬青行〉詩曰：「冬青花，不可折。南風吹涼積香雪，遙遙翠蓋萬年枝。上有鳳巢下龍穴，君不見犬之年、羊之月，霹靂一聲天地裂。」唐珏亦曾參與癈陵骸骨之役，可參閱周全《宋遺民志節與文學研究》一文，第四章第四節，頁 250〜253，東吳大學博士論文。
〔註21〕同註 16。

密天如瞖，擎深樹半斜。城中薪酒貴，羈旅若爲賒。

此詩但述雪花之無根零落，四方爲家，然亦未嘗非遺民於亡國喪家之後，羈旅天涯，孤苦窮困生活之最佳寫照。筆者以爲，皋羽以雪比擬遺民，實恰當不過，一來雪之隨處棲身頗似遺民之浪跡天涯，而其潔白無疵，亦可代表遺民心志之堅純，無有貳心也。又如〈雨中觀海棠〉詩：

風吹簾綱動，對爾惜芳菲。蜀雨何人在，吳宮祇燕歸。燭
消春粉盡，淚濕野香微。抱蘺殘青子，鳥銜隨處飛。

通詩頗能見詩人傷逝之感。

不獨物能興發詩人之思緒，時節、天候之變化亦然，觀〈雨中感懷〉詩：

幽齋蒲褌裡，夜色入柴荊。坐久雨聲絕，水深荷刺生。聽
猿思楚宿，失鶴夢南征。白屋青山下，何年返舊畊。

因夜雨而生流落他鄉，歸返無期之嘆。又〈暮春感興〉：

天涯芳草夢，此意未應泯。獨對風烟老，虛爲江海人。漁
樵分落日，櫻笋過殘春。舉世無知己，他生應逐臣。

暮春時節，芳草將衰，風烟已老，而飄泊江海，知己難尋，傷逝、羈旅、落寞之情同呈俱現、皋羽心境爲何？蓋抑不難想像矣。

參、集　評

謝翱詩後人頗有評述之者，茲薈萃於下：

一、元任士林〈謝翱傳〉云：

所爲歌詩，其稱小，其指大，其辭隱、其義顯，有風人之
餘，類唐人之卓卓者，尤善敍事云。

二、明儲巏〈晞髮集引〉亦云：

翱之樂府諸體，似李賀、張籍；近體出入郊、島間。

三、明宋濂〈謝翱傳〉：

其志汗漫超越，浩不可御，視世間事無足當其意者。……
其詩直溯盛唐而上，不作近代語，卓卓有風人之餘。文尤

　　　嶄拔峭勁，雷電恍惚，出入風雨中。當其執筆時，瞑目遐
　　　思，身與天地俱忘。

四、清吳孟學《宋詩鈔・晞髮集鈔》曰：

　　　每執筆遐思，身與天地俱志，語人曰：「用志不分，鬼神將
　　　避之。」古詩頡頑昌谷；近體則卓鍊沈著，非長吉所及也。

五、《四庫全書總目提要》曰：

　　　南宋之末，文體卑弱，獨翱詩文桀驁有奇氣，而節概亦卓
　　　然可觀。

六、梁昆《宋詩派別論》：

　　　晞髮尚奇詭，能造生境，頗似李賀；而思苦瘦刻，則又近
　　　孟郊云。

是翱之詩，長吉、東野之間也。〔註22〕方鳳於〈謝君皋羽行狀〉一
文嘗謂：「（翱）爲詩厭近代，一意溯盛唐而上。」明宋濂亦有類此
之說，〔註23〕是謝翱欲追盛唐風骨以自立。觀其詩固得諸長吉、東
野之啓發，然每能擷取各家之長，化爲己詩。加以身歷亡國之痛、
飄零之苦，詩中所吐露之情，則又諸家所莫及也。

〔註22〕謝翱《晞髮集》除效孟郊體詩外，〈鴻門謙〉一詩亦倣李賀〈鴻門謙〉
　　　詩而作，然青出於藍，向使李賀復生，自當心服，茲錄翱詩如下：「天
　　　雲屬地汗流宇，杯影龍蛇分漢楚。楚人起舞本爲楚，中有楚人爲漢
　　　舞。鵬鶘淬光雌不語，楚國孤臣泣俘虜。君看楚舞如楚何，楚舞未
　　　終聞楚歌。」
〔註23〕宋濂謂翱詩：「直溯盛唐而上，不作近代語，卓卓有風人之餘。」

第五章　汪元量

壹、生平傳略

　　汪元量，字大有，錢塘（今杭州）人。生年不詳，以布衣善琴受知於土，出入宮掖間。〔註1〕度宗時，嘗事謝后及王昭儀。〔註2〕以

〔註1〕清裴君宏《西江詩話》載曰：「〔汪元量〕浮梁人，咸淳進士，官兵部侍郎。」按元量錢塘布衣，以琴師出入禁中，見于劉辰翁《湖山類稿跋》，此外謝翱〈續琴操哀江南〉曰：「宋季有以善鼓琴見上者，出入宮掖間，汪姓，忘其名。」《南宋書》卷六二亦曰：「〔汪元量〕錢塘人，以善琴出入宋宮掖。」《錢塘縣志·文苑傳》曰：「汪大有……以善琴授知紹陵。」納新〈讀汪水雲詩集〉亦曰：「水雲汪元量，字大有，錢塘人，以善琴受知宋主。」是《西江詩話》所記水雲爲浮梁人，官兵部侍郎之說，不知何所據也。

〔註2〕王昭儀究爲何人，《宋史·后妃傳》失載，惟世傳《宋舊宮人詩詞》一卷，云昭儀王清惠，字沖華。而《宋史·江萬里傳》亦云，帝在講筵，每問經史疑義及古人姓名。賈似道不能對，萬里從旁代對，時王夫人頗知書，帝常語夫人以爲笑，則夫人乃度宗嬪御。陳世崇〈隨隱漫錄〉亦記曰：「會寧郡夫人昭儀王秋兒，順安俞修容，新興胡美人，資陽朱春兒，高安朱夏兒，南平朱端兒，東陽周冬兒……皆上所幸也，初在東宮，以春夏秋冬四夫人直書閣爲最親，王能屬文爲尤親，雖鶴骨癯貌，但上即位後，批評量聞，式克欽承，皆出其手。然則王非以色事主，度皇亦悅德者也。」是夫人在度宗朝已主批答，及少帝嗣位，謝后臨朝，老病不能視事，夫人與聞國政，亦可想見，故入元之後，元人待遇有加。《水雲集·湖州歌》曰：「萬

其琴藝、詩、詞皆工，頗爲度宗賞識，賜硯一方，背刻「天錫永寶」
四字。國亡，此硯嘗隨元量入燕，及其南歸，因分書之，右刻水雲二
篆，左刻楷書絕句云：

> 斧柯片石伴幽閒，堪與遺民共號頑。試憶當時承賜事，墨
> 痕如淚盡成斑。

撫今追昔之感，盡在不言之中。

幼主德祐二年（西元 1276 年），伯顏南侵，臨安城陷，謝太后忍
辱出降，元量因有感而爲詩記曰：

> 西塞山前日落處，北關門外雨連天；南人墜淚北人笑，臣
> 甫低頭拜杜鵑。（〈送琴師毛敏仲北行〉）

> 亂點連聲殺六更，熒熒庭燎待天明。侍臣已寫歸降表，臣
> 妾僉名謝道清。（〈醉歌詩〉）

自是幼主、太后嬪御北，元量從之。〈北征詩〉記其事曰：

> 北師有嚴程，挽我投燕京。挾此萬卷書，明發萬里行。出
> 門隔山嶽，未知死與生。三宮錦帆張，粉陣吹鸞笙。遺氓
> 拜路傍，號哭皆失聲。吳山何青青，吳水何冷冷。山水豈
> 有極，天地終無情。回首叫重華，蒼梧雲正橫。

則押運萬卷書籍扈從，當屬元量之責也。

時故宮人王昭儀頗善詩，於羈旅囚禁途中，元量不但爲之鼓琴，
甚且還親授指法，詩酒賡和，如〈幽州秋日聽王昭儀琴〉、〈秋日酬王
昭儀〉詩即是。〔註3〕二人實已成爲詩中莫逆，琴裡知音。尋王昭儀
自請爲女道士，旋即去世，汪元量哭以詩曰：

> 吳國生如夢，幽州死未寒。金閨詩卷在，玉案道書閒。苦
> 霧蒙丹旐，酸風射素棺。人間無葬地，海上有仙山。（〈女道
> 士王昭儀仙游詞〉）

里修途似夢中，天家賜予意無窮。昭儀別館春雲暖，手把詩書授國
公。」禮遇之隆，亞於謝全二后，厥後全太后爲尼，昭儀亦爲女道
士，亦以具與宋室至親故也。此說參見王國維《觀堂集林》卷一七，
〈書宋舊宮詩詞湖山類稿水雲集後〉一文。

〔註3〕此二詩在《湖山類稿》卷二。

傷知音之不在，語極悲咽。

　　元世祖聞其名，嘗召入爲鼓琴。及厓山兵敗，文丞相被執入獄，元量於庚辰（元世祖至元十七年，西元1280年）中秋往謁之，勉丞相必以忠孝白天下，因援琴奏胡笳十八拍，並爲賦〈拘幽十操〉詩，文山亦倚歌和之。同年十月，復往探視，文山循其請，集老杜句成胡笳曲十八拍以遺之。迨帝昺蹈海，宋社傾覆，文丞相義烈就死，瀛國公學佛西域之後，元量因感無所可待，遂乞請爲黃冠，歸老江南。〔註4〕既歸，自號水雲子，若飄風行雲，人莫測其去留之迹。數往來匡廬、彭蠡之間，大抵皆朋友招飲、故交論舊，以及托詩求序而已，如〈答開先老子萬一山〉、〈曾平山招飲〉、〈重訪馬碧梧〉、〈別章杭山〉等諸詩皆作於此時。〔註5〕或有謂元量長身玉立，修髯廣顙，而音若洪鐘。江右之人，以爲神仙，多畫其像以祠之。元量卒年亦不知，然元仁宗延祐二年（西元1315年）進士陳泰所《安遺集》中，尚有〈送錢塘汪水雲〉詩，則元量亦云老壽矣。有《水雲集》、《湖山類稿》傳世。

　　綜觀汪元量一生，宋亡，先隨三宮北行，歷經運河沿岸，目送江南、齊魯各地兵亂後之悲慘景況，而後隨少帝、王昭儀遷居上都北行，出居庸關、過李陵臺、拜昭君墓、天山觀雪、氈房夜坐，經受了非人所能堪之苦寒生活，〔註6〕再後是一萬五千里之奉使拈香之行，〔註7〕歷遍大河南北之名山大瀆和歷代帝王之都，撫今思昔，睹物傷情，自不免激發其對故國深沈之懷念，元量與他同時代之亡國遺民一樣，最後只能以意志消沈，及時行樂，對待現實人生。

〔註4〕《湖山類稿》卷三，元量有瀛國公入西域爲僧號木波講師詩曰：「木老西天去，袈裟說梵文。生前從此別，去後不相聞。忍聽北方雁，愁看西域雲。永懷心未老，梁日白紛紛。」考幼主降元之歲爲至元十三年（西元1276年），時年六歲；至元十九年徙上都，年十二；至元二十五年學佛法於土番，年始十八。是水雲南歸當於至元二十五年以後。

〔註5〕四詩具見於《湖山類稿》卷四。

〔註6〕可參見《湖山類稿》卷二諸詩詳述。

〔註7〕可參見《湖山類稿》卷三〈北嶽降香呈嚴學士〉一詩以下二十五首，皆水雲奉勅降香途中所作。

貳、作品分析

據《四庫全書總目提要》卷一六五《湖山類稿》五卷、《水雲集》一卷條下記曰：

> 黃虞稷千頃堂書目載《湖山類稿》十三卷，《水雲詞》三卷，久失流傳，此本爲劉辰翁所選，祇五卷，前脫四翻，間存評語。近時鮑廷博因復採《宋遺民錄》，補入〈辰翁元序〉，合《水雲集》刻之。以二本參互校訂，詩多重複，今亦姑仍原本焉。

是水雲《湖山類稿》本爲十三卷，《水雲詞》亦有三卷，經久失傳，脫逸散闕。幸賴劉辰翁、鮑廷博二先生之選存輯錄，今尚得見《湖山類稿》五卷、《水雲集》一卷傳世：

> 《湖山類稿》，錄詩四卷、詞一卷。詩記自奉使出疆，三宮去國，凡都人之憂悲恨嘆，無不備具。及過河所歷皇王帝伯之鄉都遺迹，凡可詑可驚可痛苦而流淚者，皆發之於詩，記事寫實，如賦史傳。〔註8〕

> 《水雲集》，錄詩一卷。除去與《湖山類稿》相重複之詩外，其餘詩作，於補闕史乘之價值，一如類稿所錄之詩。

今大抵依此二集所錄有限詩篇，將水雲作品分爲下列三類之論述之：

一、敍事記實

水雲作詩既如賦史傳，則必捨傳統詩法之重聲律、字句，而採平淺質樸之敍事方式，將彼時國家之衰王，亂臣之叛降，信筆直書。今試舉數詩以觀，如寫襄陽呂文煥降元，元騎長驅直入，滿潮朱紫盡降臣之事曰：

> 呂將軍在守襄陽，十載襄陽鐵脊梁。望斷援兵無信息，聲聲罵殺賈平章。
> 援兵不遣事堪哀，食肉權臣大不才。見說襄樊投拜了，千萬軍馬過江來。

〔註8〕引自《湖山類稿序》。

淮襄州郡盡歸降，禪鼓喧天入古杭。國母已無心聽政，書
生空有淚成行。

六宮宮女淚漣漣，事主誰知不盡年。太后宣傳許降國，巴
延丞相到簾前。

亂點連聲殺六更，熒熒庭燎待天明，侍臣已寫歸降表，臣
妾僉名謝道清。

巴延丞相呂將軍，收了江南不殺人。昨日太皇請茶飯，滿
朝朱紫盡降臣。〔註9〕

詩除舖寫臨安城陷，及南宋覆亡之原因，亦對元軍之凶殘氣焰、得意
忘形，嚴加譴責。詩雖記事，然或寫呂文煥之不義；或述文武朝官之
稱降，諷刺悲嘆之意，已流露於詩句間。再觀記元丞相伯顏（巴顏）
率兵南下，蹂躪東南半壁之事曰：

淮南西畔草離離，萬檝千艘水上飛。旗幟蔽江金鼓震，巴
延丞相過江時。

東南半壁日昏昏，萬騎臨軒趣幼君。三十六宮隨輦去，不
堪回首望吳雲。

一陣西風滿地烟，千軍萬馬浙江邊。官司把斷西興渡，要
奪漁船作戰船。

兩峯雲鎖幾時開，昨夜京城戰鼓哀。漁父生來載歌舞，滿
頭白髮見兵來。

秋風吹雨暗天涯，越鳥巢翻何以家。嶺上萬松都斫盡，西
湖新路欲排义。

師相平章誤我朝，千秋萬古恨難銷。蕭牆禍起非今日，不
賞軍功在斷橋。

蒼生慟哭入雲霄，內苑瓊林已作樵。打斷六更天未曉，禁
庭內桁釞盤燒。

群臣上疏納忠言，國害分明在目前。只論平章行不法，公
田之後又私田。〔註10〕

〔註 9〕《水雲集・醉歌》十詩，錄壹、貳、參、四、五、十等六首。
〔註10〕《水雲集・越州歌》二十首，錄壹、貳、參、四、五、六、七、二十
　　　等八首。

此乃偏安江南一隅之南宋小朝廷醉生夢死，招致亡國之側面寫照。南宋由於賈似道之擅權自肆，功過不明，朝政綱紀敗壞已極；加以公田法之實施，﹝註11﹞致豪強勢家與政府間，發生利益衝突，而相乖離。此諸多弊端，皆予元兵以可乘之機。觀南宋末年，元軍得以秋風掃落葉之勢，攻陷臨安，宋室官吏爭相迎降，此非蒙古軍之悍強勇健也，南宋朝內部之相傾軋，致眾叛親離，當要為因。而賈似道實千古之一大罪人也。詩人眼見在戰火摧殘下，黎民哀號，墟落蕭索，有感此社稷大辱，實乃賈似道一手所導致，因為詩抒恨，藉以知諭來者，且為南宋亡國史作一見證也。

　　由於伯顏之大舉南侵，且於次年（恭帝德祐二年，西元 1276 年）進軍皋亭山，朝廷震恐，因遣使乞和。奈何伯顏留使失信，迫令幼主出降，三宮盡被擄北去。此南宋國恥，水雲一一得見，盡記之於〈湖州歌〉九十八首之中，今試選錄數詩以觀：

> 丙子正月十三有，搊鞞伐鼓下江南。皋亭山上青烟起，宰執相看似醉酣。
>
> 萬馬如雲在外間，玉階仙仗罷趨班。三宮北面議方定，遣使皋亭慰伯顏。
>
> 殿上群臣嘿不言，巴延丞相趣降箋。三宮共在珠簾下，萬騎虬鬚遶殿前。
>
> 十數年來國事乖，大臣無計逐時捱。三宮今日燕山去，春草萋萋上玉階。
>
> 一出宮門上畫船，紅紅白白豔神仙。山長水遠愁無那，又見江南日上弦。

﹝註11﹞理宗景定四年，賈似道為相，欲行富國強兵之策，使陳堯道等合奏曰：「稟兵、和糴、造楮之弊，乞依祖宗限田議，自兩浙江東西官民戶踰限之田，抽三分之一，買充公田，得一千萬畝之田，則歲有六七百萬斛之入，可以餉軍，可以免糴，可以重楮，可以平物，而安富，一舉而五利具矣。」是所謂之公田，即政府向擁有土地之人家，購買三分之一之田畝，作為政府之所有田。而政府訂定之田價，並不依當時市價，而是僅及市價二十五分之一之官價，莫怪豪強、勢家之不滿。

曉來潮信暫相留，滿耳驚濤愁復愁。月殿不知何處在，錦
帆搖曳到揚州。

太皇太后過江都，遙指淮山似圖畫。拋却故家風雨外，夜
來歸夢繞西湖。

滿朝宰相出通州，迎接三宮晏不休。六十里天圍錦帳，素
車白馬月中游。

會同館裡紫蒙茸，蘭麝飄來陣陣風。簫鼓沸天迴鷓舞，黃
羅帳幔燕三宮。

一人不殺謝乾坤，萬里來來謁帝閽。高下受官隨品從，九
流藝術亦沾恩。

僧道恩榮已受封，上庠儒者亦恩隆。福王又拜平原郡，幼
主新封瀛國公。

萬里羈孤夜憶家，邊城吹角更吹笳。須臾敕使傳言語，今
日天庭賞雪花。

杭州萬里到幽州，自咏歌成意未休。燕王偶然通一笑，歌
喉宛轉作吳謳。〔註12〕

南宋帝后北狩諸事，《宋史》所載不詳，《元史》又無所記，惟就《水
雲詩集》所錄詩尚得略窺一二。蓋水雲以一善琴名士，受知於上，宋
亡，隨行北去，一路所聞所見，發而為詩，自足補史乘之闕。觀前引
諸詩所述，由元兵犯界南侵，朝廷識降，以至三宮北去，沿途形色，
乃至抵燕時元主宴賞之經過，莫不備載，絮絮娓娓，如泣如訴，愁思
壹郁，不可復伸。於了解南宋亡國後諸史事，自有補苴之價值。他如
〈北師駐皋亭山〉詩：

錢塘江上雨初乾，風入端門陣陣酸。萬馬亂嘶臨警蹕，三
宮垂淚濕鈴鸞。童男謾遣追徐福，癘鬼終當滅賀蘭。若說
和親能活國，嬋娟應是嫁呼韓。

對和親之不當，朝廷之失策，道出其不苟同之看法。詩人以其對國家
之熱愛，敏銳之洞察力，深體和親之無濟於事，奈何主國政者，懾於

〔註12〕《水雲集‧湖州歌》九十八首，錄一、二、三、七、九、二十三、
三十、六十八、六十九、八十、八十一、八十九、九十八等十三首。

—95—

敵威，惟以和談爲能事，終致國格喪盡，社稷淪沒。

大抵此類詩，水雲以「事」爲敍述主體，而於其中寄寓情懷。語言樸質，風格近於民歌，可謂爲遺民詩中之最深刻而最沈痛者也。

二、羈旅書懷

羈旅在外，離鄉背井，孰能不興遊子他鄉之情懷？更何況亡國之後，事奉他姓之人？水雲以善琴供奉庭掖，宋亡，隨行入燕，有感此身之飄零，異鄉情愁，因之而起。觀〈邳州〉一詩云：

> 身如傳舍任西東，夜榻荒郵四壁空。鄉夢漸生燈影外，客愁多在雨聲中。淮南火後居民少，河北兵前戰鼓雄。萬里別離心正苦，帛書何日寄歸鴻？

夜雨、孤燈，每易撩引鄉情。詩人面對此景，羈旅之悲，自然淒涼酸楚。及過河北行，見荒煙漠漠戍角聲中，所見盡皆異國風物，客愁尤爲殷切。觀〈通州道中〉詩云：

> 一片秋雲妬太虛，窮荒漠漠走群狐。西瓜黃處藤如織，北棗江時樹若屠。雪塞搗砧人戍遠，霜營吹角客愁孤。幾回兀坐穹廬下，賴有葡萄酒熟初。

縱有葡萄美酒以慰孤愁，然遙想君臣恩絕，金甌盡失，自又不免潸然淚下矣。故黃金臺〈和吳實堂韻〉詩曰：

> 把酒上金臺，傷心淚落杯。君臣難再得，天地不重來。古木巢蒼鵲，殘碑枕碧苔。倚闌休北望，萬里起黃埃。

想萬里長沙處，竟是己身歸所，詩人遺民悵恨之情益發可見。

水雲抱孤臣孽子之心，留居幽燕，偶然能與王昭儀清惠、張瓊英等舊宮人會面，除相對掩泣，惟有吟詠酬唱，以消愁懷。王昭儀才華出眾，水雲有〈幽州秋日聽王昭儀琴〉云：

> 瑤池宴罷夜何其，拂拭朱絃落指遲。彈到急時聲不亂，曲當終處意尤奇。雪深沙磧王嬙怨，月滿關山蔡琰悲。羈客相看默無語，一襟愁思自心知。

由聽昭儀琴起興，暗想昭君琵琶怨，復憶蔡琰關山悲，身處異地，心

繫朝疆，殷殷情切，水雲類如之也。再觀〈秋日酬王昭儀〉一詩云：

> 愁到濃時酒自斟，挑燈看劍淚痕深。黃金臺隗少知己，碧
> 玉調湘空好音。萬葉秋風孤館夢，一燈夜雨故鄉心，庭前
> 昨夜梧桐語，勁氣蕭蕭入短襟。

欲借酒消愁，奈何鄉夢依舊，終難釋懷。他如〈終南山館〉詩曰：

> 夜涼金氣轉淒其，正是羈孤不寐時。千古傷心南渡曲，一
> 襟清淚北征詩。霜凝韃鼓星橫劍，風卷旌旗月滿厄。旅雁
> 已離榆塞去，帛書搖曳過江時。

又〈潼關〉詩曰：

> 蔽日烏雲撥不開，昏昏勒馬度關來。緣邊徑路人千里，黃
> 葉郵亭酒一杯。事去空垂悲國淚，愁來莫上望鄉臺。桃林
> 塞外秋風起，大漠天塞鬼哭哀。

秋風起兮，愁思滿懷，詩人之故國鄉情，與時俱深，真無有極止矣。
「十年旅食在天涯，到處身安只是家。雪塞春回鄒衍律，霜營寒入彌
衡撾。」〔註13〕不知不覺間，十年寒暑如過眼雲煙，然浪迹天涯，終
不見歸期。幽幽心傷，因作〈居延〉一詩曰：

> 憶昔蘇子卿，持節入異域。淹留十九年，風霜毒顏色。醫
> 甗曾牧羝，跣足涉沙磧。日夕思漢君，恨不生羽翼。一朝
> 天氣清，持節入漢國，胤子生別離，回視如塊礫。丈夫抱
> 赤心，安肯淚沾臆。

是水雲欲以蘇子卿忠節自期，藉以慰己孤臣孼子之情也。據王國維先
生考證，水雲在元頗為貴顧。〔註14〕姑不論其說之然否，觀水雲詩，

〔註13〕《湖山類稿・幽州除夜》詩。
〔註14〕王國維《觀堂集林》卷一七，〈書宋舊宮人詩詞湖山類稿水雲集後〉
　　　　一文，嘗記曰：《湖山類稿》卷二有〈萬安殿夜直〉詩云：「金闕早
　　　　朝天子聖，玉堂夜直月光寒。」《水雲集》有〈送初庵傅學士歸田里〉
　　　　一首云：「燕臺同看雪花天，別後音書雁不傳。紫閣笑談為職長，彤
　　　　闈朝謁在班前。」稱傅為職長，則水雲亦曾為翰林院官。又有〈南
　　　　歸後答徐雪江〉一首曰：「十載高居白玉堂，陳情一表乞還鄉。孤雲
　　　　落日渡遼水，匹馬西風上太行。行稿尚留官裡俸，賜衣猶帶御前香。
　　　　只今對客難為說，千古中原話柄長。」中所云高居白玉堂，亦指翰
　　　　苑也。又《湖山類稿》卷三〈北嶽降香呈嚴學士〉一詩以下二十五

故國情深，鄉懷處處，是眞不愧遺民本色也。

三、感時傷逝

　　水雲隨幼主三宮，由臨安（杭州），循運河，一路北上，道經府縣州邑，目睹干戈寥落，萬景淒涼；復尋訪歷朝古跡遺址，於一片殘園頹圮中，因有感世事幻化之無常，傷時歎逝之悲，乃油然而生。觀〈徐州〉一詩曰：

　　　　白楊獵獵起悲風，滿目黃埃漲太空。野壁山牆彭祖宅，塵花糞草項王宮。古今盡付三坏外，豪傑同歸一夢中。更上城樓見城郭，亂鴉古木夕陽紅。

又〈歌風臺〉詩曰：

　　　　百尺荒臺禾黍悲，沈思往事似輪飛。洛中車駕秦皇去，沛上風雲漢帝歸。鷹入塞榆衝雁陣，鶻穿城樹破鴉圍。東徐多少英雄恨，留與行人歌是非。

又〈阿房宮故基〉詩曰：

　　　　祖龍築長城，雄關百二所。阿房高接天，六國收歌女。跨海覓仙方，蓬萊眇何許。欲爲不死人，萬代秦宮主。風吹鮑魚腥，茲事竟虛語。乾坤反掌間，山河淚如雨。誰憐素車兒，奉璽納季父。楚人斬關來，一炬成焦土。空餘此餘基，千秋泣禾黍。

又〈秦嶺〉詩曰：

　　　　峻嶺登臨最上層，飛埃漠漠草稜稜。百年世路多翻覆，千古河山幾廢興。紅樹青烟秦祖隴，黃茅白葦漢家陵。因思馬上昌黎伯，回首雲橫淚濕膺。

首，皆水雲奉勅降香途中所作，按《元史‧世祖紀》，每歲以正月遣使代祀岳瀆后土，惟至元二十一年所記獨詳，云：「遣蒙古官及翰林官各一人祠岳瀆后土。」則代祀例遣翰林官。嚴爲學士，即翰林官，水雲或以屬官同行。然觀其詩意不似屬官之詞，殆是歲所遣二人皆出翰苑，水雲與嚴同奉使歟！故其詩曰：「同君遠使山頭去，如帝親行嶽頂來。」（〈北嶽降香呈嚴學士〉）則水雲在元頗爲貴顯，故得囊留官俸，衣帶御香，即黃冠之請，亦非羈旅小臣所能。

朝代更迭，萬物俱化。觀古往今來，多少曾經叱咤風雲之英雄；多少曾經名聞千古之勝景，終在時間之替易間，化爲一坏黃土，惟見荒草淒淒，滿目瘡痍而已。人生在世，又何必汲汲功名，苦苦鑽營利祿乎？其〈夷山醉歌〉詩道出其滿腹感嘆曰：

> 楚狂醉歌歌正發，更上梁臺望明月。朔風獵獵吹我衣，絕代佳人皎如雪。搥羯鼓，彈箜篌。烹羊宰牛坐槽丘，一笑再笑揚清謳。遙看汴水波聲小，錦檣忘還事多少。昨日今明池上來，艮嶽淒涼麋鹿遠。麥青青、黍離離，萬年枝上鴉亂啼。二龍北狩不復返，天龍南渡無還期。金銅淚迸露盤濕，畫闌桂柱酸風急。鳩居鵲構蒼隼入，蛇出燕巢白狐立。東南地陷妖氛黑，雙鳳高飛海南陌。吳山日落天沈沈，母子同行向北天。關河萬里雨露深，小儒何必悲苦辛。歸來耳熱忘頭白，買笑揮金莫相失。呼奚奴，吹觱篥，美人縱復橫，今夕復何夕。楚狂醉歌歌欲輟，老猿爲我啼竹裂。
> （之一）

> 嗚呼再歌兮花滿臺，好月爲我光徘徊。人生在世不滿百，紛華過眼皆成灰。夷山青青汴水綠，西北高樓咽絲竹。美人十指纖如玉，爲我行觴歌一曲。含宮嚼徵當牕牖，露腳斜飛濕楊柳。就中有客話陳橋，如此山河落人手。客且住，聽我語，楚漢中分兩丘土。七雄爭戰總塵埃，三國鶯花浩無主。咸陽宮殿不復都，華清池沼溫泉枯。世間興廢奔如電，滄海桑田幾回變。人生得意且盡歡，何須苦苦爲高官。人生有命且行樂，何必區區歎牢落。遮莫金章與玉珂，何如桐江披釣簑。遮莫貂蟬貴此身，何如柴桑漉酒巾。君不見海上看羊手持節，飢來和雪和氈嚙。又不見飯顆山頭人見嗤，愁吟痛飲眞吾師。美人美人勸我酒，有客有客聽我歌。須臾客醉美人睡，我亦不知天與地。嗚呼再歌兮無人聽，日自落兮酒未醒。（之二）

詩人由己之身陷異域，道出無限山河蒙塵，銅駝金盤之哀思。縱不滿胡族入居正統，主宰華夏子民，然揆諸歷朝各代，莫不興廢交迭，

盛衰始終。世事既如此翻覆不一，渺如滄海一粟之我，又何苦錙銖
必較，勞思傷神哉！想青春苦短，生命有極，何妨趁此美景佳餚當
前，開懷醉飲？詩人有感於國亡椎心之痛，淪落飄零之苦，滿腹心
酸，無以釋懷，頓悟人生一場空，自是一任灑脫，然「君不見海上
看羊手持節，飢來和雪和氈嚙。又不見飯顆山頭人見嗤，愁吟痛飲
真吾師。」詩人揮不去之萬里鄉關深情，卻總是纔下眉頭，却上心
頭也。

參、集　評

一、南陽人迺賢〈題水雲汪詩集後〉曰：

> 多記其亡國時事。

二、文天丞〈書汪水雲〉詩後曰：

> 吳人汪水雲，羽扇綸巾，訪予于幽燕之國，袖出行吟一卷，
> 讀之如風檣陣馬，快逸奔放。

三、李鶴田〈湖山類稿跋〉：

> 記亡國之戚，去國之苦，間關愁嘆之狀備見於詩，微而顯，
> 隱而彰，哀而不怨，開元天寶之事記於草堂，後人以詩史
> 目之，水雲之詩，亦宋亡之詩史也，其詩亦鼓吹草堂者也，
> 其愁思抑鬱不可復伸，則又有甚於草堂者也。

四、廬陵青山趙文儀可〈書汪水雲〉詩後曰：

> 讀汪水雲詩而不墮淚者，殆不名人矣。

五、義山周方叔曰：

> 水雲奮筆直情，不肯為婉變含蓄，千載之下，人間得不傳
> 之史。山陽夜笛，聞之者四壁皆為悲咽，正平操撾，聽之
> 者三台俱無聲韻。噫！水雲之詩，真能使人至如是，至如
> 是其感哉！

六、碧梧馬廷鸞亦曰：

> 余在武林別元量已十年矣。一日來樂平尋見。……相與坐
> 語，恍如隔世，戚然有所感焉。元量出示湖山類稿求余為

序，展卷讀甲子初作，微有汗出，讀至丙子作，潸然淚下，
又讀至醉歌十首，撫席慟哭，不知所云。家人引元量出，
余病復作，不能爲元量吐一語，因題其集曰詩史。

七、明瞿祐〈歸田詩話〉曰：

元量有詩一帙，皆敘宋亡事。

八、《錢塘縣志・文苑傳》曰：

汪大有，字元量，爲詩感慨有氣節。

九、《宋詩鈔・水雲詩鈔記》曰：

詩多記國亡北徙事，與文丞相獄中倡和作，周詳惻愴，人
謂之詩史。

十、《四庫全書總目提要》曰：

其詩多慷慨悲歌，有故宮黍離之感，於宋末諸事，皆可據
以徵信。

十一、《四庫全書簡明目錄》曰：

其詩哀思悽動，記臨安破後事蹟最詳。

十二、胡雲翼《宋詩研究》曰：

其詩悽愴惋惻，讀之令人下淚。在晚宋詩人中，汪元量要
算是描寫亡國痛的第一個聖手。

十三、梁昆《宋詩派別論》曰：

其詩學杜，多慷慨悲歌，有故宮禾黍之感。所作〈湖州歌〉
九十八首，多記亡國北徙之事；間關愁嘆之狀，吁，亦哀
怨矣。

歸納以上諸家之評，則水雲詩，詩而兼史，與所南《鐵函心史》長存
天壤可也。

　　水雲子，善琴入宮，經歷一段漫長之宮闈生活後，遭逢亡國慘痛，
有如唐朝李龜年者，水雲工詩善詞，爲宋末名士，是以發而爲文，悽
愴哀怨，有如孤鴻之號鳴夜月，令人不忍卒聽。觀其時文士，對其詩
莫不讚譽有加，飽學如馬廷鸞、劉辰翁者，尚且以史目之。水雲固爲
倡優卜祝之流，究其心迹，自不可與李龜年相提並論矣。固然其行不

免白璧微瑕，〔註15〕稍有遺憾，然其眷戀故國之情懷，自有其感人之
處，而不容輕易加以抹殺者也。

第六章　林景熙

壹、生平傳略

　　林景熙，字德陽，（一作景曦，字德暘）［註1］號霽山，溫州（今浙江永嘉縣）平陽人。生於理宗淳祐二年（西元 1242 年）。咸淳七年（西元 1271 年），自太學釋褐，授泉州教官，歷禮部架閣。轉從政郎。適元勝宋，遂不復仕，棲隱故山，以詩書自娛。

　　至元十五年（西元 1278 年），元僧楊璉眞伽，發掘宋諸帝陵寢，以遺骨建鎮南塔，［註2］先生痛憤不已，欲以計易眞骨葬之，故僞爲杭丐者，背竹籮，手持竹夾，遇物即夾以投籮中；復爲鑄銀牌百餘繫腰間，以賄番僧，僧左右尋之，果得高、孝兩陵骨，納竹籮中，歸葬於東嘉，［註3］因植冬青樹以志之，且哭之以詩曰：

─────────────

〔註1〕鄭元祐〈林義士事跡〉一文，謂先生名德暘，字景熙，號霽山，錄於《宋遺民錄》卷一四，頁 314。

〔註2〕以遺骨建鎮南塔之說，可參見章祖程註景熙夢中作四首題下小註，錄於《霽山集》卷三，頁 31～32；《四庫提要》卷一六五、集部・別集類一八《林霽山集》五卷條下亦有類此之說，惟《新元史》、《宋史翼》等林景熙本傳則無所記。

〔註3〕此說可參見《新元史・林景熙傳》（卷二四一，列傳第一三八）。而據章祖程夢中作四首題下小註曰：「釋教都總統，所以管轄諸路僧人，時號楊總統，盡發越上宋諸帝山陵，取其骨渡浙江，築塔于宋內朝舊址，其餘骸骨棄草莽中，人莫敢收，適先生與同舍生鄭樸翁

─ 103 ─

珠亡忽震蛟龍睡，軒敞寧忘犬馬情。親拾寒瓊出幽草，四山風雨鬼神驚。

一坏自築珠丘上，雙匣猶傳竺國經。獨有春風知此意，年年杜宇泣冬青。

昭陵玉匣走天涯，金粟堆前幾吠鴉。水到蘭亭轉嗚咽，不知真帖落誰家。

珠鳧玉雁又成埃，班竹臨江首重回。猶憶年時寒食祭，天家一騎捧香來。

詩中所謂之「蛟龍」、「寒瓊」、「珠丘」、「雙匣」、「昭陵」、「真帖」、「珠鳧」、「玉鴈」等等，皆指宋陵也，[註4] 又冬青花詩：[註5]

冬青花，花時一日腸九折，隔江風雨清影空。五月深山護微雪，石根雲氣龍所藏。尋常螻蟻不敢穴，移來此種非人間。曾識萬年觴底月，蜀魂飛遶百鳥臣，夜半一聲山竹裂。

觀此二詩，似多隱語，實以元時作詩，殊多顧忌，不敢明言其事耳。[註6] 景熙既而返於故鄉，隱居別墅，窮研經史，教授學徒，然其忠義之懷，每形諸言辭間，聞其風者，罔不敬仰，稱之曰霽山先生。後為會稽王監簿（王英孫）延致，與尋歲晏之盟，於是往來吳越殆廿餘年，元武宗至大三年（西元 1310 年）卒於家，年六十九，著有〈白石稿〉十卷，〈白石樵唱詩〉六卷等。

貳、作品分析

景熙白石樵唱詩，據載凡六卷，然以經久散佚，今尚得見者，惟

等數人在越上，痛憤乃不能已，遂相率爲采藥者至陵上，以草囊拾而收之；又聞理宗顱骨爲北軍投湖水中，託言佛經葬于越山，且種冬青樹識之。」此說與《新元史》所記有異，然參酌對照，可有助於對冬青之役之瞭解（即六陵事件）。

〔註4〕參見周全〈宋遺民林景熙與唐珏〉一文，載於《北師學報》第十二期。

〔註5〕章祖程註冬青花詩曰：「冬青一名女貞木，一名萬年枝，漢宮嘗植此，後世因之，宋諸陵亦多植此木。」此詩與夢中作四首皆暗記六陵事件，參見《霽山集》卷三。

〔註6〕參見章祖程註夢中作四首詩題下小註。

明呂洪所編《霽山集》中，所存詩三卷而已。

景熙詩，喜用比興手法，其內容大抵可分爲以下四類：

一、寫歸隱之志

南宋亡，景熙恒與同舍生邑人鄭樸翁私相嗟悼，以不能死國難、報君恩爲愧，〔註7〕故當楊璉眞伽發越上宋諸陵墓，人莫敢收，景熙則計易眞骨而安葬之，以略盡人臣棉薄之力。慨嘆世事遷變莫定，士無常守，因爲詩寄己不臣事他主之志，如〈秦吉了〉詩云：〔註8〕

> 爾禽畜於人，性巧作人語。家貧售千金，寧死不離主。桓桓李將軍，甘作單于鬼。

此詩借秦吉了之戀戀故主，暗諷李陵之叛降異族。觀禽如秦吉了者，一旦受恩，終知伏節守義，人生而爲天地萬物之靈，焉能忝不知恥，另事他姓？再觀〈妾薄命〉六詩曰：

> 盈盈梁家姝，奕奕晉朝使。斛珠不論贄。得備巾櫛侍。一笑金谷春，列屋俱斂避。豈知錦步溫，已復爲愁地。念主惠妾深，緣妾爲主累。樓頭風雨深，殘花抱春墜。〔註9〕
>
> 夫君仕虢州，不幸早歲折。負骸歸青齊，道遠囊復竭。投棲不見容，落日人煙絕。高義無展禽，辱身顧豈屑。野露離涕洟，皇天鑒孤蘖。肯惜一臂殘，浣此全體潔。〔註10〕
>
> 國難誼當馳，送君遠行役。黎明別江郊，更上北山脊。江雪妾眼迷。江風妾衣拆。魂去形獨留，不然化爲石。化石君倘知，勿復念衾席。願持如石心，爲國作堅壁。〔註11〕

〔註7〕 參見《霽山先生文集・序》。

〔註8〕 邵氏〈聞見錄〉曰：「盧南有畜秦吉了者，能作人語，夷酋欲以錢十萬緡買之，其人告以貧欲賣之，秦吉了曰：『我漢禽也，不願入蠻夷山。』不食而死。」

〔註9〕 章祖程註曰：「此篇言王凝妻也，五代王凝妻李氏。凝家青齊之間，時仕虢州司户，卒于官。李氏攜骸負子以歸，投宿旅舍，主人不許，牽其臂而出，李氏仰天慟哭，即引斧自斷其臂，歐陽公曰：『士不愛身而忍恥事讐者，聞李氏之風，亦可以知愧矣。』」

〔註10〕 章祖程註曰：「此篇言綠珠也，以風雨喻禍難，以春喻節義也。」

〔註11〕 章祖程註曰：「此篇言望夫石也，《幽明錄》曰：『武昌山上有望夫石，

（錄三首）

詩首記錄珠，次寫王凝妻李氏，三述貞婦望夫之事，語精辭約，記事詳實，景熙但取「古者烈女不更二夫之義，以寄吾忠臣不事二君之心」，〔註12〕蓋亦道其不屈之節也。

景熙既不願從俗以變節，復感世路風波之惡，唯有歸返鄉園，與猿鶴相伍，觀〈有感詩〉曰：

> 逢春感孤羈，抱古來眾吠。如何陵谷遷，芳草亦蕭艾。自憐歲月晚，復覺湖海隘，野鷗不受招，興在萬里外。

詩末之野鷗，蓋景熙自喻之辭也。又〈寄四明陳桼陽〉詩曰：

> 高人謝世紛，誅茅在絕壁。十年不下山，舊路掩深棘。出門復踟躕，觸步有崩石。下臨千仞淵，毒鱗正紛籍。腥風鼓洪濤，石齒鳴咋咋。失勢倘一落，萬綆那可及。不知息我軀，猿鶴與朝夕。〔註13〕

遭罹世變，大而犯難，小而困辱，進退之間，皆有所不免，未若歸避山林以終老。再觀〈贈東谷上人〉詩：

> 岸陵幾紛紛，歧路誰了了。中有定慧人，脩然坐深窈。山空諸念消，月墮孤禪悄。一室虛白生，天雞弄清曉。

勿論世局翻覆無常，朝遷暮變，詩人確然自守之意，益已表白無遺。

二、道憶舊之情

〈高山有孤樹〉詩曰：

> 南山有孤樹，寒鳥夜遶之。驚秋啼眇眇，風撓無寧枝。託身未得所，振羽將逝茲。高飛犯霜露，卑飛觸茅茨。乾坤豈不容，顧影空自疑。徘徊向殘月，欲墮已復支。

此詩以寒鳥高飛犯霜露，卑飛觸茅茨，喻處世變之際，動輒得咎之無

如人立狀。古傳若有貞婦，其夫從役遠赴國難，攜弱子餞送此山，立望其夫而死，因化為石，故名之。』」

〔註12〕參見〈妾薄命〉六首詩題下小註，錄於《霽山集》卷一。

〔註13〕章祖程註曰：「此謂世路風波之險，倘不知導宜而妄動，則此身一失不可復救，豈不甚可畏哉！」此詩錄於《霽山集》卷三。

奈。悵望天地之大，竟無所容身之所，豈不可嘆？詩人念己身世之孤，
自易生思君憶友之情。〈商婦吟〉詩曰：

> 良人滄海上，孤帆渺何之。十年音信隔，安否不得知。長
> 憶相送處，缺月隨我歸。月缺有圓夜，人去無回期。回期
> 倘終有，白首寧怨遲。寒蛩苦相弔，青燈鑒孤幃。妾身不
> 出幃，妾夢萬里馳。

章祖程於詩題下註曰：「此篇以商婦自比，而寓其思君之意。」〔註14〕
南宋末造，元兵破杭，代宋而有天下，不恥異族入居正統之文人學士，
如林景熙者，縱不能死國難以報君恩，然終恥事異姓，是以遁隱故居，
悠遊林下，彼雖不問世事，靜亭泉林之樂，然思君之心，朝朝暮暮，
詩末有所謂「妾身不出幃，妾夢萬里馳」句，可見雖然隱退，但魂夢
始終相繫，足見景熙思主之心切。

　　景熙情感深摯，對於故舊友朋，亦莫不寄念殷殷，如〈吳山會故
人〉詩曰：

> 一聲新鴈荻花秋，片月吳松共客舟。卻憶去年今夜月，思
> 君獨上越山樓。

是詩言淺意深，對故交思念之情，極為誠摯感人。

　　此外，對故國山河懷念之情，亦每出現於景熙詩中，如〈春感〉
詩曰：

> 柳花哀雪春冥冥，溪風一夜吹為萍。萍隨風去渺流水，人
> 生無根亦如此。故山入夢草芊芊，半窗踈雨寒食天。曉來
> 白髮稀可數，多少朱顏化黃土。高原冉冉青煙斜，麥飯灑
> 松能幾家。子規叫殘金粟暮，繭紙蘭亭已飛去。

時移世換，歲月無情，雖憑添白髮無限，然故山依舊常入夢中。又〈寄
葛秋巖〉詩：

> 吳地繁華半劫灰，故山秋遠夢頻回。琵琶亭老春風棹，桑
> 落洲寒夜雨杯。歲月悠悠人幾換，關河渺渺鴈空來。酒酣
> 欲寄登臨遠，黃葉斜陽滿廢臺。

〔註14〕參見《霽山集》卷一。

繁華盡去，滿目蒼涼，詩人登臨遠眺，荒草丘墟，幾許淒涼，憶念殷切，致故國家山，頻入夢中。

　　景熙憶舊情懷之殷切，可由其詩集中，故、舊二字之經常使用見其一斑，茲再舉數詩以證之：

　　　〈述懷次柴主簿〉詩：

　　　　青春風雨多離夢，白髮江湖少故人。

　　　〈元日得家書喜〉詩：

　　　　舊山亦有閒風月，歸與漁樵作主人。

　　　〈舟次吳門〉：

　　　　青樓舊時月，無復聽吳歈。

　　　〈秋夜〉：

　　　　窗扉半掩秋蟲急，猶有殘燈守故書。

　　　〈道中〉：

　　　　西來三兩客，聞說舊京華。

　　　〈鄭宗仁會宿山中〉：

　　　　挑燈懷舊夢，移席近春泉。

三、記事寫史

（一）記君相之誤國

　　〈雜詠〉十首〈酬汪鎮卿之七〉詩曰：

　　　　漢中落西崦，孤慧明中舟。玄德員英猛，欲挽無萬牛。龍
　　　　鳳一已逝，斯人復安求。區區守江左，老此以菟裘。大義
　　　　固不識，卑哉孫仲謀。

此詩借劉備之力不任，孫權之不識恢復大義，以嘲諷南渡君相之謀度無方，喪權辱國。其中誤國最甚者，莫若賈似道，景熙〈葛嶺〉詩曰：

　　　　不讀霍光傳，炫然桃李門。湖山變潮市，烽火滿乾坤。膽
　　　　落冰天騎，魂飛瘴雨村。春風吹秀麥，誤國竟何言。

由於賈似道之弄權禍國，致使漢民族淪亡，景熙遂有無窮之感慨。〈蟬〉

詩曰：

> 翼稍微動自宮商，幾曳殘聲送夕陽。喚得槐柯芳夢覺，薰
> 風一曲換西涼。〔註15〕

綜觀南宋之敗亡，臣民之流離失所，度宗朝相賈似道，誠罪魁禍
首，莫怪詩人對此民族罪人，道出其深惡痛絕之意。

（二）寫忠孝節義

景熙《霽山集》中，尚有不少寫史之作，如〈雜詠〉十首〈酬汪
鎮卿之八〉詩曰：

> 垂垂大廈顛，一木支無力。精衛悲滄溟，銅駝化荊棘。英
> 英傲兀堪，濱死猶鐵脊。血染沙場秋，寒日亦為碧。惟留
> 唫嘯編，千載光奕奕。

此詩言文天祥事。詩首以「垂垂大廈顛」起筆，將南宋末，國勢之困
阨及其岌岌可危點出，繼以「一木支無力」，喻值此國家多艱、社會
板蕩之際，雖有天祥奮赴國難，鞠躬盡力，然勢單力孤、後繼無人，
縱有精衛之志，惟滄海不可以木石填，是以宋祚終不免淪為丘墟，銅
駝化為荊棘。末以天祥義烈就死，然吟嘯詩篇，忠義傳名，光耀人寰
作結。景熙如實道來，感慨良深。〈讀文山集〉詩又記曰：

> 黑風夜撼天柱折，萬里風塵九溟竭。雖欲扶之兩腕絕，英
> 淚浪浪滿襟血。龍庭戈鋌爛如雪，孤臣生死早已決。綱常
> 萬古懸日月，百年身世輕一髮。苦寒尚握蘇武節，垂盡猶
> 存杲卿舌。膝不可下頭可截，白石不照吾忠切。哀鴻上訴
> 天欲裂，一編千載虹光發。書生倚劍歌激烈，萬壑松聲助
> 幽咽。世間淚灑兒女別，大丈夫心一寸鐵。

景熙因讀文山詩而抒感，語語精詳，句句忠實，為宋祚垂危之際，義
勇奮發之耿耿孤忠，寫下足以供後世千萬子孫讚仰哀歎之史篇。

〔註15〕章祖程註曰：「明皇時，西涼州戲曲曰：『涼州寧王曰：音始於宮，
　　　　散於商，成於角、徵、羽，斯曲也。宮離而少徵，商亂而加暴，恐
　　　　有播遷之禍，及安史亂，始驗寧王審音之妙。』言此以暗寓世變之
　　　　意。」此詩錄於《霽山集》卷三。

　　宋社既屋，景熙雖以不能死國事而引以爲憾，除前所記文天祥事外，對歷史上忠義留名之士，亦每寄以崇仰之情，如：

　　　　濱死孤臣雪滿顛，冰氈齧盡偶生全。衣冠萬里風塵老，名節千年日月懸。(〈聞家則堂大參歸自北寄呈〉)

寫蘇武出使匈奴，單于欲降之，然子卿終不之屈。

　　又：

　　　　寥落一坏在，英雄萬古冤。孤忠懸白日，遺恨寄中原。樹老殘霞澹，塵深斷碣昏。東南天半壁，往事泣寒猿。(〈拜岳王墓〉)

寫宋室南渡初期，岳飛之盡忠報國。

　　又：

　　　　葵榴入眼明，得酒慰衰齒。胡爲浪自悲，懷古淚紛委。湘江沈忠臣，越江沈孝子。沈骨不沈名，清風兩江水。或云非正命，是昧舍生理。歸全豈髮膚，所懼本心毀。哭父天爲驚，憂君國將毀。於焉偷吾生，何以立戴履。脩短在百年，歲穢垂千紀。之人死猶生，滔滔眞死矣。(〈端午次韻懷古或疑屈原曹娥死非正命是不知殺身成仁者也併為發之〉)

寫屈原憂時傷國、不爲世用，自沈汨羅江而死，與孝女曹娥投江尋父之事。〔註16〕此二人忠孝之名，垂於千古，雖死猶生也。人生脩短不過百年之間，與其害義而生，不若就義而死，景熙之意固在勉人守義，實亦有自勉之意焉。

　　大抵此類詩，景熙不獨寫事記史而已，亦在表忠肝、寓褒貶，藉以知諭來者也。

四、感時傷逝

　　〈京口月夕書懷〉詩曰：

　　　　山風吹酒醒，秋入夜燈涼。萬事已華髮，百年多異鄉。遠城江氣白，高樹月痕蒼。忽憶凭樓處，淮天鴈叫霜。

〔註16〕《列女傳》曰：「孝女曹娥者，上虞人，父盱，能弦歌，漢安二年五月五日於縣江沂濤迎婆娑神溺死，不得尸，娥年十四，乃沿江號哭，晝夜不絕，旬七日，遂投江而死。」

詩首之秋字，點出一片蕭瑟肅殺之氣，對此萬般淒涼之景，詩人傷逝之感，不期然而自生。又〈溪行〉詩：

> 風高餘暑盡，獨策興悠然。野色延幽步，秋聲入暮年，日
> 斜禽影亂，水落樹根懸。回首故人遠，城笳吹夕煙。

歲月荏苒，故人凋零，徒興感嘆，又當奈何。此詩亦因秋傷逝，觀「水落謝根懸」句，誠遺民所處苦境之最切譬喻，孤根飄懸，無以為家，莫怪遺民之悲鳴哀號也。

參、集 評

綜觀景熙詩，託旨深遠，情辭淒苦，確能將異族統治下不甘屈辱之民族氣節表露無遺，是以後人所予之評價頗高：

一、宋方逢辰〈白石樵唱〉序云：

> 德暘自鴈蕩游會稽，禹窆荒寒，雲愁木愴，凭高西望，而
> 錢塘潮汐之吞吐，吳山煙霏之舒卷，紛感互發，凡以寫吾
> 鬱陶者何限？故其詩悽惋，而悠以博，微以章，宛然六義
> 之遺音，非湖海嘯吟風月而已。於詩家門戶，當放一頭。

二、金章祖程〈題白石樵唱〉曰：

> 其（景熙）詩大抵皆託物比興，而所以明出處，繫人倫，
> 感世變，而懷舊俗者至矣，卷首數篇，尤為親切，其它題
> 詠酬唱，雖有不同，然而是意亦未嘗不行乎其間？讀者倘
> 以是求之，則庶乎不失其本領，而有以知其詩之不苟作也。
> 至於造語之妙，用字之精，法度之整而嚴，格力之清而健，
> 又未易以名言。

又〈註白石樵唱〉曰：

> 善乎先生之為詩也，本義理以為元氣，假景物以為形質，
> 濯冰雪以為精神，翦煙雲以為態度，朱絃疏越而有遺音，
> 太羹元酒而有遺味，其真詩家之雄傑歟！

三、元鄭僖書〈白石樵唱註〉曰：

> 為詩其立言命意，欲屬風節，蓋彷彿草堂翁忠愛之餘思也。

四、《宋詩鈔‧白石樵唱鈔》曰：

> 詩六卷曰白石樵唱，大概悽愴故舊之作，與謝翱相表裡；
> 翱詩奇崛，熙詩幽宛。蛟蜂方逢辰曰：「詩家門戶，當放一
> 頭。」非虛言也。

五、近人梁昆《宋詩派別論》曰：

> 詩多悽怨，其神妙不減劉長卿，此蓋境遇使然也。

宋室鼎革，景熙雖欷歔於殘山剩水之間，然冬青之役，已足彰其貞節志行之偉，復吟詠其詩，率皆一本忠義之所發，一如李曰剛先生所言之：

> 景熙之高風亮節，幽德潛光，固已體現於詩，而其詩之有
> 關風教民彝，足以激勵忠義，喚醒國魂。〔註17〕

是景熙《白石樵唱詩》可與思肖《心史》齊觀，而同為民族勵志文學之典範也。

〔註17〕參見李曰剛〈晚宋義民之血淚詩〉，載於《中華文化復興月刊》，第七卷、第二期。

附錄　南宋遺民詩人一覽表

凡　例

一、南宋遺民詩人志節特出，且有較多詩作傳世，足資研究者，但前
　　所述文天祥、謝枋得、鄭思肖、謝翱、汪元量、林景熙六人耳。
　　惟其人數甚夥，其志節、詩作亦頗有可採者，既無法一一論述，
　　因就載籍所錄，附錄南宋遺民詩人一覽表，以見南宋遺民詩人之
　　概況。

二、本表依據之資料，有《宋史》、《元史》、《宋史翼》、《宋季忠義錄》、
　　《宋遺民錄》、《宋詩紀事》、《宋元學案》等，再參諸孫克寬〈元
　　初南宋遺民概況表〉與東吳大學周全博士論文《宋遺民志節與文
　　學之研究》所附宋遺民出處簡編略加增刪而成。

三、宋之將亡，義烈之士如文天祥者，則號召義師勤王，慷慨以赴國
　　難，及宋社既屋，清流高潔之士，則或隱退泉林之間，或開館授
　　徒，謹守民族氣節，義不食元祿，藉吟詠唱和，以抒發其耿介偉
　　岸之胸懷，人數既眾，因大別為忠臣義士、講學名儒、隱逸之士
　　三類，分姓名、字號、籍貫、生卒、重要事蹟、作品六項以簡述
　　之，其有不可考者，則從闕焉。

一、忠臣義士

	姓　名	字號	籍貫	生卒	重要事蹟	作品	備註
1	文天祥	略	略	略	略	略	參見本篇第一章
2	謝枋得	略	略	略	略	略	參見本篇第二章
3	鄧光薦	又名鄧剡，字中甫，號中齋	廬陵人		天祥門友也，元兵至，隨駕至厓山，厓山兵潰，光薦赴海者再，不得死，爲張弘範所得，自廣之北，與天祥同行，舟中唱和，後得放歸。	中齋集	

二、講學名儒

	姓名	字號	籍貫	生　卒	重要事蹟	作品	備註
1	牟巘	字獻甫，一字獻之	蜀人	生於寧宗嘉定十年（1227）	於度宗朝即退居不出，宋亡，杜門隱居凡三十六年，與子應龍自相師友，日以經學道義相切磨。	陵陽集	
2	熊禾	字去非，後改名鉌，字位辛，一號退齋	福建建陽	生於理宗寶祐元年，卒於元仁宗皇慶元年（1253～1312）	入元隱居不仕，築雲谷書院，以教生徒，學者稱勿軒先生。	勿軒集	
3	馬廷鸞	字翔仲，晚號玩芳病叟	樂平人	生於寧宗嘉定十五年，卒於元世祖至元廿六年（1222～1289）	宋末宰相，國亡不仕。	碧梧玩芳集	
4	金履祥	字仁山	蘭溪人	生於理宗紹定五年，卒於元成宗大德七年（1232～1303）	國亡隱居講學傳道，爲元代金華理學之開山大師。	仁山集	

5	方逢辰	初名夢魁，理宗改賜今名，字君錫	淳安人	生於寧宗嘉定十四年，卒於元世祖至元廿八年（1221～1291）	理宗朝曾數度上書陳事，帝不悅，遂稱疾求去，開慶元年，以著作郎，累官兵部侍郎，國史修撰，兼侍讀，賈似道擅權弄國，逢辰絕意仕途，授徒講學。宋亡，元世祖詔起之，不仕，卒于家，學者稱爲蛟峯先生。	蛟峯集	
6	王應麟	字伯厚，號厚齋	鄞縣人	生於寧宗嘉定十六年，卒於元宗元貞二年（1223～1296）	淳祐元年進士，寶祐四年中博學宏詞科，度宗時官禮部尙書，兼給侍中，國亡，閉門著述。	深寧集	
7	柴望	字仲山，號秋堂，又號歸田	衢之江山人	生於寧宗嘉定五年，卒於元世祖至元一七年（1212～1280）	宋亡，自名宋逋臣，杜門謝客，與其從弟通判隨亨，制參元亨，察推元彪，稱柴氏四隱。	秋堂遺稿	
8	舒嶽祥	一作岳祥，字舜侯	寧海人	生於寧宗嘉定十二年，卒於元成宗大德二年（1219～1298）	寶祐四年進士，官奉化尉，終承直郎，宋亡不仕，教授鄉里以終，學者稱閬風先生。	閬風集	
9	方逢振	字君玉	嚴州淳安		景定三年進士，宋亡，退隱于家，元世祖詔侍御史程文海起爲淮西北道按察僉事，辭不赴，聚徒講學于石峽書院以終。	山房集	
10	何夢桂	字巖叟，初名應祈，字申甫	嚴州淳安		官台州軍判官，歷仕至大理寺卿，元初，薦授江西儒學提學，以疾辭，不赴，著書自娛，不復與世接，學者稱爲潛齋先生。	潛齋集	

| 11 | 許月卿 | 空太空，後字宋士，晚號山屋 | 婺源許昌 | 生於寧宗嘉定九年，卒於元世祖至元二二年（1216～1285） | 賈似道當國，罷去，歸故里，閉門著述，宋亡，三年不言，深居一室，謝枋得推重之，嘗書其門曰：「要看今日謝枋得，便是當年許月卿。」 | 先天集 | |
| 12 | 方蘷 | 一名方一蘷，字時佐，自號知非子 | 淳安人 | | 嘗從何夢桂遊，宋亡，退隱於富山之麓，教授講學，門人稱富山先生。 | 富山孋稿 | |

三、隱逸之士

	姓名	字號	籍貫	生卒	重要事蹟	作品	備註
1	鄭思肖	略	略	略	略	略	參見本篇第三章
2	林景熙	略	略	略	略	略	參見本篇第六章
3	謝翱	略	略	略	略	略	參見本篇第四章
4	汪元量	略	略	略	略	略	參見本篇第五章
5	吳思齊	字子善，晚號全歸子	略		宋亡，以「譬猶處子已嫁，不能更二夫」之志，隱居浦陽，不與世接，獨以方鳳、謝翱交友，相與唱和山水間。	風雨集	
6	王炎午	初名應梅，字鼎翁、號梅邊	廬陵人	生於淳祐一二年，卒於元泰定元年卒（1252～1224）	宋太學生，與天祥同遊，宋亡，謁天祥，勸毀家產供給軍餉，及	吾汶稿	

					天祥被執，爲文生祭文氏，自是終身不仕，居鄉守母廬墓終生，學者稱之梅邊先生。	
7	陳巖	字清隱	青陽人		入元，遂隱居不仕，遍遊九華之勝，至一處，則作一詩紀之。	九華詩集
8	黃公紹	字直翁	昭武人		咸淳元進士，宋亡不仕，隱居樵溪。	在軒集
9	董嗣杲	字明德，號靜傳	杭州人		咸淳末爲武康令，入元不仕，隱于黃冠爲道士，改名思學，字無益，號老君山人。	廬山集，英溪集
10	于石	字介翁，號紫巖	蘭溪人	生於理宗淳祐十年，卒年不詳（1250～？）	宋亡，隱居不出，一意于詩，晚歲由鄉徙城中，更號兩溪。	紫巖詩選
11	汪炎昶	字懋遠，號古逸民	婺源人	生於理宗景定二年，卒於元順帝至元四年（1261～1338）	宋亡，從孫元京，江雪矼諸逸民遊。	古逸民詩集
12	汪宗臣	字公輔	婺源人	生於理宗嘉熙三年，卒於元文宗至順元年（1239～1330）	咸淳二年，兩中亞選，宋亡不仕。	紫巖集
13	羅升公	字時翁	永豐人		以軍功授本邑尉，宋亡，傾資北遊燕、趙圖恢復宋祚，然勢不可爲，作弔胥濤賦以自寓。	滄州集

14	方鳳	一名景山，字韶卿（一作韶父）	浦陽人	生於理宗嘉熙四年，卒於元英宗至治六年（1240～1321）	咸淳中學進士不第，以特恩授容州文學，宋亡不仕，與謝翱、吳思齊友善，主月泉吟社，時稱巖南先生。	存雅堂稿	
15	劉辰翁	字會孟，號須溪	廬陵人	生於理宗紹定五年，卒於元成宗大德元年（1232～1297）	少登陸象山之門，補太學生，景定三年（西元1262）廷試，對策忤賈似道，置丙第，以親老，請濂溪書院山長，薦居史館，又除太學博士，皆固辭，宋亡，託方外以歸。	須溪集	
16	連文鳳	字白正，號應山	三山人		仕履未詳，宋亡，變姓名爲羅公福，常與諸遺老吟詠賦詩。月泉吟社田園雜興徵詩者之首名，即其人也。	百正集	
17	梁棟	字隆吉	鄂州人	生於理宗淳祐二年，卒於元成宗大德九年（1242～1305）	宋亡，歸武林，平日好吟詠。	梁隆吉詩	
18	眞山民				不傳名字，亦不知何許人也，自呼山民，李生喬歎以爲不媿酒祖文忠西山，以是知其姓眞，德秀孫也，後人評其爲宋末陶元亮。	眞山民集	

19	吾衍	本姓吾邱，字子行，號竹房	仁和人	生於度宗咸淳八年，卒於元武宗至大四年（1272～1311）	入元不仕，隱居教授，操性高潔人咸重之，稱其爲貞白先生。	竹素山房詩集	
20	王澮	字元佐	遼東人		博學醇行，不出仕，浮海邈去。	谷音存詩六首	
21	程自修	字忘吾	洛陽人		性孝友，除禮部郎中，聞之棄家南去。	谷音存詩七首	
22	冉琇	字溫季	瑯琊人		好縱橫談，聞壇滅，東向三哭伏劍。	谷音存詩六首	
23	元吉	字文中	河東人		中原大俠也，嘗殺吏，走太行谷中，赦歸乃絕。	谷音存詩五首	
24	孟鯁	字介甫	曲阜人			谷音存詩四首	
25	丁開	字復見	長沙人		負事敢言，曾上疏言事。	谷音存詩四首	
26	王翥	字一飛	成都人			谷音存詩五首	
27	師嚴	字道立	襄陽人		善騎射，上書論事，不報，拂衣去。	谷音存詩六首	
28	安如山	字汝正	廣漢人		端平甲午，安撫曹友聞辟掌書記，不起，東下老于會稽。	谷音存詩二首	
29	詹本	字道生	建安人		溫言正行，江萬里薦爲郎，不就，持竿渡溪去，莫知所終。	谷音存詩三首	
30	皇甫明子	字東生	四明人		性豪宕，乘小舟，挂布帆，載琴罇書籍釣具往來湖上，德祐二年，發狂痛哭蹈海。	谷音存詩三首	

31	鮑軫	字以行	括蒼人		嗜酒，遇客盡飲乃去，晚衲衣鬢結遊青城不返。	谷音存詩七首	
32	崔璆	字子玉	京口人		美風儀，善談論，晚病狂，未死十日，自表石曰醉鄉伯崔璆之墓。	谷音存詩三首	
33	魚潛	字德昭	姑孰人		值元代宋，隱居不出，焚香，掃地，彈琴，讀書，養鵞鴨百頭以給食，終八十餘。	谷音存詩五首	
34	柯芝	字士先	瑞陽人		通五經，善詞賦，教授生徒，著書百餘卷。	谷音存詩三首	
35	柯茂謙	字退予	瑞陽人		柯芝子，餘不詳。	谷音存詩二首	
36	邵定	字中立	廬陵人		宅邊植梅竹蘭桂蓮菊各十餘，深衣大帶婆娑其間，自稱六薌老人。	谷音存詩二首	
37	熊與和	字天樂	豫章人		性介澹，布衣草屨遨遊諸名山，尤嗜彈琴、草書。	谷音存詩二首	
38	孫璉	字器之	大庚人		嗜書，善吟詠，不應選學，躬耕織屨以食，終百歲。	谷音存詩二首	
39	楊應登	字幼平	臨江人		寬厚長者，有德行言辭，七試國子不第，退就耕牧，老于南塘。	谷音存詩二首	
40	楊雯				楊應登孫，事略不詳。	谷音存詩五首	
41	番陽布衣					谷音存詩一首	

42	瀟湘漁父				谷音存詩一首	
43	閩清野人				谷音存詩一首	
44	羅浮狂客				谷音存詩一首	
45	孫嵩	字元京，號艮山	休寧人	生於理宗嘉熙二年，卒於元世祖至元二九年（1238～1292）	宋亡，歸隱海寧山中，誓不復仕，杜門賦詠。	艮山集
46	陳深	字子微	平江人		宋亡，閉門著書。	寧極齋稿
47	邵桂子	字德芳，號去同	淳安人		咸淳七年以博學宏詞登進士，教授處州，國亡不仕，棄官而歸。	傭菴小集
48	俞琰	字玉吾，晚號石澗	長洲人		宋亡，隱居林屋山，著書不復仕。	林屋山人集
49	趙孟堅	字子固，別號彝齋	浙江海鹽	生於宋寧宗慶元五年，卒於元成宗元貞元年（1199～1295）	宋宗室也，寶慶初登進士第，入元隱居不仕，善書工詩文，尤能作畫。	彝齋集
50	唐珏	字玉潛，號菊山	會稽人	生於理宗淳祐七年，卒年不詳(1247～？)	至元十五年，元僧楊璉真伽發宋陵寢，珏貨家具行貸得白金若干，召里中諸少年潛拾遺骸，葬蘭亭山上，種冬青樹為識，友謝翱感其事，為作冬青樹引。	宋詩紀事錄夢中作詩四首，冬青行詩二首，夢中作詩，據遂昌雜錄乃林景熙作，而輟耕錄則以為唐珏作。

51	江凱	字伯幾，號雪矼	婺源人		許月卿之客也，月卿愛其才，以女妻之，隱居不出，與先生賦詩飲酒以終。	宋詩紀事錄詩一首	
52	殷澄	字公源	華亭人		元丞相伯顏授官不就，野服隱居浦上，慕其人者目爲泖南浪翁。	宋詩紀事補遺錄詩一首	
53	俞德鄰	字宗大	永嘉人		咸淳癸酉進士，宋亡不仕，遁跡以終。	佩韋齋集	
54	黃庚	字星甫	天台人		太學生，工畫能文，宋亡不仕。	樵吟集月屋漫稿	
55	王鎡	字介翁	括蒼人		嘗官縣尉，宋亡後，歸隱湖山，扁所居曰月洞。	月洞吟	
56	鄧牧	字牧心，自號九鎖山人	錢塘人		宋亡不仕，居餘杭洞霄宮之超然館，經月不出，與謝翱、周密等友善，世稱文行先生。	洞霄圖志，伯牙琴	
57	蔡希點	字子與，號春山	太平人		博學善詩，隱居教授，從遊以百數，多擢高第，希點安貧樂逸以終其身。	春山雜稿	
58	劉詵	字桂翁，號桂隱	吉水人	生於宋度宗咸淳四年，卒於元順帝至正十年（1268～1350）	工詩文，隱居講授，不應薦舉。	桂隱文集	
59	周密	字公謹，號草窗		生於理宗紹定五年，卒於元成宗大德二年（1232～1298）	工詩詞，淳祐中爲義烏令，宋亡不仕，與諸遺老相唱和，晚更號弁陽老人。	周密以詞名家，故詩不多見。	

下篇 綜 論

第一章　南宋遺民詩之特色

　　宋詩自南渡後，承襲江西詩風，漸趨末流，而有入於生硬枯澀之病，其後雖有四靈、江湖兩派，思起而矯之，然隨著國勢之阽危、社會風氣之委靡，詩人之意志既消沈不振，徑路更日趨淺窄，「於是淺於情意，窘於篇幅，氣象屢弱，骨趣猥俚的作品，充斥壇坫，而且千篇一律，萬喙一聲。時代在詩人的心上，投射著濃厚的陰影，詩人便給時代散佈著衰颯的氣象。」〔註1〕詩道演變至此，真可謂一蹶不振。及宋社既屋，宋詩方重現生機。詩人吐納，非志切匡復，即情傷黍離，一字一句，莫非孤臣孽子之血淚，而顯現出一種新精神氣象。本章擬就內容、風格、用字三方面，對南宋遺民詩所蘊含之特色，逐一剖析：

壹、內　容

　　南宋遺民詩之產生，係受時代環境之刺激，是以詩篇之內容自異於一般模山範水、書懷遣興，與夫議論理趣等詩作，而多故國之思，忠義之氣。綜觀前章所舉代表詩家之作，復考索其餘詩人之詩，大抵南宋遺民詩之內容，約有如下幾端：

〔註1〕參見嚴恩紋《宋詩研究》，第一一小節，江湖派，頁110。

一、褒忠頌義

南宋遺民之所以能在元初形成一股強大集團，端在彼不甘屈辱之民族氣節。此種高節偉行，除得之於宋朝理學之啓發外，先賢義士之開發誘披，實爲要因。是以歷朝各代義烈高風之士，每見於遺民詩人之吟詠當中，今試就詩人所歌誦者，徵引如下：

文天祥〈祖逖〉詩：

> 平生祖豫州，白首起大事。東門長嘯兒，爲遜一頭地。何哉戴若思，中道奮螳臂。豪傑事垂成，今古爲短氣。

〈劉琨〉詩：

> 中原蕩分崩，壯哉劉越石。連踪起幽并，隻手扶晉室。福華天意乖，匹磾生鬼域。公死百世名，天下分南北。

〈許遠〉詩：

> 起師哭玄元，義氣震天地。百戰奮雄姿，嬖妾士揮淚。睢陽水東流，雙廟垂百世。當時令孤潮，乃爲賊遊説。〔註2〕

劉琨、祖逖興復晉室之赤膽忠誠；與許遠效死封疆之決心，皆對文天祥產生莫大之影響力，由上引諸詩充分可見。

又如謝枋得〈與魏梅墅〉詩：

> 義熙陶令書甲子，春秋仲尼尊天王。孔明漢賊不兩立，梁公寸念臣而皇。〔註3〕

陶淵明、孔子、諸葛亮、梁公四人，皆知極力維護正統，枋得正欲以之爲模倣效法之對象，奈何「時不我予」，福建參知政事魏天佑，欲薦枋得入朝以邀功，遂強行之北，枋得當下以龔勝不事二主之清節自勵。觀其絕食身亡之義舉，終不負龔勝之志矣。枋得詩中言及龔勝之處頗多，此於中篇第六章謝枋得作品分析一文論述頗詳，茲略而不錄其詩。

又如鄭思肖〈觀顏公帖〉詩：

> 吾拜魯公帖，凜然氣如生。終身大唐臣，千載名崢嶸。愧

〔註2〕以上三詩俱見於《指南後錄》，錄於《文山先生全集》卷一四，頁369。
〔註3〕此詩見於《疊山集》卷一。

彼今之人，歊心蠹天經。〔註4〕

除此，對滿宋末抗敵不屈、壯烈成仁之忠臣義士，思肖亦有詩褒頌之，如五忠詠之詠李芾、李庭芝等；〔註5〕哀劉將軍并序之寫劉師勇；〔註6〕和文丞相六歌之寫文天祥等，茲選〈和文丞相六歌〉詩：

> 我所思兮文丞相，英風凜凜照穹壤。失身匍匐草莽間，屢迫以死彌忠壯。虛空可變心不變，吐語鏗然金石響。想公骨朽化爲土，生樹開花亦南向。嗚呼五歌兮倂悽愴，望公不見愁泱泱。〔註7〕

天祥一生慕忠效義，終能成就萬世不朽之英名。故時人悼念之，想望其凜然英風，忠壯之義以匭勉勵志。

其它如林景熙〈拜岳王墓〉：

> 寥落一坏在，英雄萬古冤。孤忠懸日月，遺恨寄中原。樹老殘霞澹，塵深斷碣昏。東南天半壁，往事泣寒猿。〔註8〕

梁棟〈淵明攜酒圖〉：

> 淵明無心雲，攪出便歸岫。東皋半頃秫，所種不常有。苦恨無酒錢，閒却持盃手。今朝有一壺，攜之訪親友。惜無好事人，能消幾壺酒。區區謀一醉，豈望名不朽。閒吟籬下菊，自傳門前柳。試問劉寄奴，還識此人不。〔註9〕

方鳳〈悼陸君實〉：

> 祚微方擁幼，勢極尚扶顛。鼇背舟中國，龍胡水底天。翬存周已晚，蜀盡漢無年。獨有丹心皎，長依海月懸。〔註10〕

以上諸詩皆讚揚忠臣義士之勁節高風，并表達一己之崇慕效法之心，

〔註4〕此詩見於《心史・中興集甲》。

〔註5〕五忠詠除詠李芾、李庭芝，尚有姜才、王安節、隨駕內嬪某氏等，其事蹟可參見本論文中篇第三章鄭思肖作品分析一文附註8～13。

〔註6〕劉將軍事蹟，以其文長，茲不贅錄，可參見鄭思肖《心史・中興集乙》哀劉將軍詩前小序。

〔註7〕此詩係和文丞相六歌之五，見於《心史・中興集甲》。

〔註8〕此詩見於《疊山集》卷二。

〔註9〕選自《宋詩鈔・隆吉詩鈔》。

〔註10〕此詩見於《宋遺民錄》卷十。

古今忠義之士予遺民詩人之沾溉抑自可見矣。

二、抒發忠義之志

宋有天下，以仁德忠恕待下，獎名節，勵廉隅，是以人文蔚興，忠節相望，及宋祚傾覆，餘風未泯，故臣民慕義，相率蹈節，矢不事異族者，比比皆是。其中尤以厓山一役，死士之眾，足以驚天地而泣鬼神。至於不能死國赴義者，亦多紛紛遁入黃冠或隱居山林，以行動來顯示民族大義，《新元史・隱逸傳》曰：

> 宋之亡也，士大夫多以節概相高，謝皋羽、鄭所南其尤著者，所謂不降不辱者。……杜瑛、杜本、張樞、王鑑隱居不仕，庶幾高尚其志者。〔註11〕

此等大義凜然之士，每於詩歌中吐露卓然不屈之志：

或寫其期望故土重光之願。如鄭思肖〈此心〉詩曰：

> 此心期不變，曾灑血爲盟。舉世無人識，終年獨自行。海中擎日出，天外喚風山。淨盡去雲霧，重開白晝明。〔註12〕

又方夔〈過深浦羅給事隱舊居〉詩曰：

> 給事三父子，著籍古池陽。……維時漢運衰。……惟子曉大義，白筆搖風霜。願提十萬旅，巢穴傾朱梁。……其事竟無成，青史垂芬芳。中原轉莽莽，一坏爭侯王。登高扶浮雲，極目慘八荒。遐想同心人，過君橋梓鄉。徘徊扣牧子，遺跡悲荒涼。區區夏蟲知，知我於詩長。豈知用心處，流落不忘唐。我欲傳高士，置居後柴桑。含情苦搖蕩，佇立滄州旁。〔註13〕

又陳深〈江上〉詩：

> 放跡清江上，悲歌惜歲窮。孰能回白日，我欲問蒼穹。天地遺民老，山河霸業空。清愁無著處，卷入酒盃中。〔註14〕

〔註11〕參見柯劭忞《新元史》卷二四一。

〔註12〕選自鄭思肖《心史・大義集》。

〔註13〕錄自顧嗣立《元詩選・甲集》，方夔《富山嬾藁》。

〔註14〕錄向同上書，陳深寧《極齋稿》。

觀前引諸詩中，如「淨盡去雲霧，重開白晝明」、「我欲傳高士，置君後柴桑」、「孰能回白日，我欲問蒼穹」等句，詩人之心，實已表露無遺。

或記恥事異主，遁居不仕之仕。如林景熙〈九日會連雲樓分韻得落字〉一詩曰：

> 冉冉海霧深，荒荒山月薄。登高集華裾，縱目天宇廓。落葉悲徂年，寒英照深酌。心醉乃文字，意行非涓壅。緬懷斜川遊，此道久寂寞。胡爲吹帽人，白首戀賓幕。窮途謬行藏，異代懸美惡。我愛漉酒巾，西風不能落。

章祖程註此詩曰：「此篇結構偉甚，非惟落字壓倒，而終篇之意，歸宿於淵明身上，則尤見其確然自守之意，未易與世俗浮沈者道也。〔註15〕

又梁棟〈送李北上歸建康〉詩曰：

> 人生無百年，胡爲在遠道。遊子歸故鄉，王孫怨芳草。有田歸去來，無田歸亦好。貧賤有餓死，富貴履危機。東海不可漁，西山采無薇。四方已一氣，我今將安歸。〔註16〕

遊子他鄉，終究須落葉歸根。前詩道盡詩人歸田之志。但以版圖已易色，江山非我有，欲歸又將安歸之？詩人對亡國之恨，於後詩足以見之。

又眞山民〈寄郭月篷〉詩：

> 煙波秋草外，活計一漁篷。淡月明寒葦，新霜醉曉楓。身雖殊出處，道豈有窮通。俯仰看人面，何如數過鴻。〔註17〕

此詩係詩人有感而嘆，充分顯現其遁隱不仕之高節逸行。他如謝枋得〈求紙衾〉、〈辭洞齋華父二劉兄惠寒衣〉等詩，〔註18〕則枋得不食異姓之粟而餓死之勁節高風，直可與伯夷、叔齊相媲美矣。

綜觀南宋遺民之表現，大抵屬於消極之避世，眞能起而抗敵者，天祥一人耳。觀其〈赴闕〉、〈言志〉二詩，所謂「壯心欲塡海，苦膽

〔註15〕此原見於《霽山集》卷一。
〔註16〕同註9。
〔註17〕此詩錄自《眞山民集》。
〔註18〕此二詩可見於本論文中篇第二章謝枋得作品分析一文。

爲憂天」，所謂「平生讀書爲誰事，臨難何憂復何懼」句，是何等激昂慷慨、浩氣奮發。天祥移山塡海之壯志，不滅敵人死不休之豪情，終其生雖未得伸，然其奔走勤王之氣概，與繫獄中所表現之視死如歸精神，千載下讀之，猶足使奸邪者膽喪心寒矣。觀其〈拒張元帥勸降〉詩曰：〔註19〕

> 高人名若浼，烈士死如歸。智滅猶吞炭，商亡正採薇。豈因徼後福，其肯蹈危機。萬古春秋義，悠悠雙淚揮。

宋室孤臣之大節大義，已表白靡遺。

三、感時記事

由於南宋遺民嘗身歷國勢之偏安與凌夷，社會之繁華與蕭條，是以對南宋末造國家衰滅、社會不安之諸多現象，莫不盡收眼底。吟詠成詩，自具有史之價值。寫權奸之誤國者如林景熙〈故相賈似道居〉詩曰：

> 當年構華居，權燄傾衛霍。地方窮斧斤，天章煥丹臒。花石擬平原，川途致茲鑿。唯聞丞相嗔，身後天下樂。我來陵谷餘，山意已蕭索。蒼生墮顚崖，國破身孰託。空悲上蔡犬，不返華表鶴。丈夫保勛名，風采照麟閣。胡爲一聲征，聚鐵鑄此錯。回首耒草碑，荒煙掩餘怍。〔註20〕

此詩自賈似道權傾天下，極聲色之娛起，寫至其誤國禍民之罪狀，末了尚揭發其僞稱戰功之虛詐。章祖程註此詩曰：「初，開慶以來，似道出督江上，自鄂移黃，聞元朝憲宗皇帝晏駕，似道乘機遣使約和。陰許歲幣，兵解而去，似道詭云戰勝，乃立碑于耒草中以旌其功，其欺天罔人有如此者。〔註21〕如此賣國求功之權相擅政，南宋焉有不亡

〔註19〕此詩之所以成，天祥曰：「張元帥謂予，國亡已矣，殺身以忠，誰復書之，予謂商非不亡，夷、齊自不食周粟，人臣自盡其心，豈論書與不書，張爲改容，因成一詩。」參見《指南後錄》卷一之上，錄於《文山先生全集》卷一四，頁 350～351。

〔註20〕此詩見於《霽山集》卷一。

〔註21〕同前註。

之理。

又王澮〈痛哭〉詩曰：

……當時沸天簫鼓動，今日悲風陵上來。匆匆今古成傳舍，人生有情淚如把。乾坤誤落腐儒手，但遣空言當汗馬。西晉風流絕可愁，悵望千秋共瀟灑。〔註22〕

又汪元量〈酬方塘趙待制見贈〉詩曰：

久謂儒冠誤，窮愁方棄書。十年心不展，萬里意何如。……

簫鼓動天，天地色變，腐儒誤事，致國祚爲之斷絕，怎不令人悲憤？就在南宋朝君相昏昧無能之下，元兵得以大舉渡江，長驅直入。汪元量〈聞父老談兵〉詩曰：

昔聞元兵入西蜀，鞞鼓亂搗裂巖谷。金鞍戰馬踏雲梯，日射旌旗紅簸簸。黑霧壓城塵漲天，西方殺氣成愁烟。釣魚臺畔古戰城，六軍戰血平三川。天寒日落愁無色，將軍一劍萬人敵。婦女多在官軍中，兵氣不揚長太息。〔註23〕

戰鼓頻喧，旌期影動，將軍雖一劍在手，萬夫莫敵，奈何兵威不振，終致宗國淪沒。鄭思肖〈陷虜歌〉曰：

德祐初年臘月二，逆臣叛我蘇城地。城外蕩蕩爲丘墟，積骸漂血彌田里。城中生靈氣如蟄，與賊爲徒廿六日。蚩蚩橫目無所知，低面賣笑如相識。彼儒衣冠誰家子，靡然相從亦如此。不知平日讀何書，失節抱虎反矜喜。……〔註24〕

此詩作於幼主恭帝德祐元年（西元1275年），時元兵已渡江南下。詩首敍中原蒙塵，致生民塗炭，城市頹圮之象。次敍變節降臣之恭不知恥，靦顏事仇，實可恨可嘆。自是胡騎長驅直入，鄭思肖〈勵志二首〉詩曰：

炎正遭中微，冠屨紛倒置。四壁皆楚歌，獷獷何凶熾。萬命墮荊棘，身與豺狼值。攢眼刺荼毒，地無隙可避。……（〈勵志之一〉）

〔註22〕選自《谷音集》卷上，頁2～3。
〔註23〕此詩見於《水雲集》。
〔註24〕同前註。

大哉天地經，森然不可踰。聖人治天下，綱常安厥居。誰
謂遭大變，干戈血模糊。天地忽破碎，虎狼穴吾廬。毒氣
孽萬物，草木皆焦枯。……（〈勵志之二〉）〔註25〕

中原淪陷，豺狼遍地，欲避無所，怎不令人痛心疾首？

綜觀上所舉諸詩，則南宋末年，國勢之困阨、戰爭之擾攘，乃至
人心之苦痛，皆在詩人筆下，詳實道出，誠研究宋末元初歷史興亡與
社會背景之重要資料。

四、感懷故國

南宋由於外患頻仍，予春秋學以發展之有利條件，再加以理學之
受獨尊，理學所揭示「一身不事二姓」思想，與春秋大義所倡導之「夷
夏之辨」，遂深深烙印在南宋子民思想意識之中，是以一旦國亡，影
響所及，詩人發而為詩，率多故國之思。如文天祥〈夜起〉詩：

夢破東窗月半明，此身雖在只堪驚。

一春花裡離人淚，萬里燈前故國情。

龍去想應回海島，雁飛猶未出江城。

客愁多似西江雨，一任蕭條白髮生。

此詩錄自《吟嘯集》，時天祥幽燕獄中，夢斷夜起，故國鄉情，頓生
胸臆，暗自思憶，怎奈愁添白髮無限。

又如真山民〈兵後寓舍送春〉詩曰：

觸景多懷舊，憑欄易愴神。飛花遊蕩子，古木老成人。

世換山如醉，田荒草自新。鄉關渺何處，回首暗風塵。〔註
26〕

亡國遺民，鴻冥物外，自多感慨。真山民詩向以「黍離麥秀、抱痛至
深」〔註27〕見長，觀此詩，自非虛言。因景而懷舊，憑欄而神傷，世
換時移，田荒草生，在在皆觸發詩人諸多慨嘆。詩人在天一涯，豈不

〔註25〕同註3。

〔註26〕同註4。

〔註27〕同註17。

懷歸，但以喪亂，致終未能歸也。詩末「鄉關渺處，回首暗風塵」句，頗見詩人落寞情愁。

又如謝翱〈近體詩〉曰：

> 南雁去來盡，音書不可憑。應過蠻嶺障，聞拊楚臣膺。
> 滄海沈秦璧，愁雲起舜陵。可堪夢魂在，回首舊艞稜。

〔註28〕

雁去復來，年歲如梭，家書依舊無以為寄，黯然神傷，拊膺垂胸，遺民悵恨，家國思情，於焉可見。

此外，如林景熙〈初夏病起〉詩之「舊國愁生暮，衰年病過春」；許月卿〈次韻蜀入李施芇端午〉之「對時思故國，故裏厭南音」；鄭思肖〈即事八首〉之「故國英雄淚，終身父母心」等等，皆可見遺民們對宗國淪亡之哀思。彼於詩歌中所吐露對宋室熱切之忠愛，固誠可敬，然尤可貴者，遺民們每能將宗國哀思，轉為復興國家民族之熱情，觀鄭思肖〈為憤四首〉：

> 天命尚屬漢，大夫空羨新。三宮猶萬里，一念只孤臣。
> 淚盡眼中血，心狂夢裡身。勿云今已矣，舉首即蒼旻。
>
> 未能歸趙璧，我不厭干戈。萬古青天在，三年白骨多。
> 春風仍歲月，世界自山河。寧忍委國難，飛身入薜蘿。
>
> 此虜昔深入，東甌亦未曾。江山能幾戰，風雨廢諸陵。
> 雲盡喜天出，宵殘願日升。蒼蒼今悔禍，讖應兩中興。
>
> 不信夜不曉，哀哀鎖暗鼙。鐵城蹲敗土，錦國漲腥塵。
> 草泣荒宮雨，花羞哨地春。小焉開霽色，四望一時新。〔註29〕

觀其詩意仍不免有傷悼國事之情，然意氣風發，絲毫不見頹廢喪志之病。在蒙元苛政暴虐之下，漢民族並未被摧殘殆盡，實有賴於遺民詩中所鼓吹之民族情操，喚醒漢民族之靈魂意識，為民族復興奠下勝利之根基也。

〔註28〕參見《四庫全書總目提·要真山民集（下）》。
〔註29〕此詩見於《晞髮集》卷七。

五、詠物寄懷

　　蒙元一統中國之後，雖於政治，軍事上控制南方，但對漢民族之思想、言論卻始終未採嚴厲之控制手段。原因之一，乃蒙古本身毫無文化可言。雖於入關之後，頗積極從事漢化，然對博大精深之漢文化，但知其皮毛而已，遑論其微言大義。原因之二，乃元代之學術思想，承襲宋朝理學而發展，講明義理。故雖涉及夷夏之辨，君臣之義，亦不會慘遭橫禍，牽連親族。〔註30〕是以宋遺民每能以各種不同方式表現彼忠君愛國之思想，而終元之世，也未見如有清文字獄之興。學術思想之自由，予遺民詩有利發展之條件，詩人們可盡情抒發個人之心志情感。而抒發情感之方式，除信筆直書者外，遺民們每喜藉詠物寄託民族情感。如謝枋得〈竹〉詩：

> 新篁娟娟如綠玉，瀟然出塵澹無欲。清風明月誰主張，留得此君在空谷。〔註31〕

以竹空谷獨立，不惹風塵之姿，喻詩人高潔之人品。

　　梁棟〈黃葵〉：

> 乾坤有正氣，間色皆為臣。名葩據中央，紅紫誰敢鄰。傾日不忘君，衛足恐傷身。冥然無知識，忠孝出本身。林林天地間，戴履而為人。明靈秀萬物，孰不尊君親。嗟嗟叔季後，利欲泯天淪。邈哉望故國，產此瑞世珍。九夏不趨炎，三月不爭春。高秋風露冷，孤標出清塵。背時還獨立，攬芳淚沾巾。〔註32〕

此詩以黃葵身具多項優點，如色黃——色中之尊；絕世獨立——不趨炎、不爭春，特出高秋風露之中；性堅——始終向陽，至死靡移……等喻漢民族之奇偉絕特，雖遭逢叔季之秋，然堅忍不拔、苦心孤詣之民族性，終將再放異彩。

又鮑軏〈天馬〉詩：

〔註30〕同註12。
〔註31〕參見包根弟《元詩研究》，第一章第一節，頁20～21。
〔註32〕同註12。

天馬抱奇相，緊骨瞳方明。出入百萬中，有如一鳥輕。宇宙莽超踏，風雲慘經營。獨倚雄傑態，蕭蕭隨北征。朝飲南海頭，夕秣乃幽并。失主坐黯淡，別群奮長鳴。豈無輕俠兒，金羈懸朱纓。但感束帛義，不忍負死生。低頭爲君老，喑喑萬里情。〔註33〕

此以天馬喻己守節之志，絕不爲厚利所誘而作貳臣也。

又冉琇〈秦吉了〉詩：

有鳥秦吉了，鳴報一何悲。自言承主恩，十載供提攜。雕籠閉羽翼，繫之雙華綏。一朝不終惠，零落投荒夷。自傷去漢土，豈不懷南枝。誠堪利主家，生死不敢辭。努力萬里風，寄此長相思。〔註34〕

此詩與林景熙〈秦吉了〉詩，〔註35〕前後相呼應。秦吉了以身爲漢禽，義死蠻夷，人爲天地萬物之主宰，焉能叛主稱降，而卑事他姓乎？詩人堅貞之性，有如磐石之固矣。

他如眞山民〈草〉：

草枯根不死，春到又敷榮。獨有愁根在，非春亦自生。〔註36〕

林景熙〈孫供奉〉：〔註37〕

緋衣受天恩，日瞻唐殿駕。朱三爾何爲，欲使兩膝下。皤皤長樂老，閱代如傳舍。

鄭思肖〈菊花歌〉：

太極之髓日之精，出生天地秋風身。萬水搖落百草死，正色與秋爭光明。背時獨立抱寂寞，心香貞烈透寥廓。至死不變英氣多，舉頭南山高嵯峨。〔註38〕

〔註33〕同註9。
〔註34〕選自《谷音集》卷下，頁8。
〔註35〕選自《谷音集》卷上，頁3。
〔註36〕詩可見於本論文中篇第六章林景熙作品分析一文。
〔註37〕同註17。
〔註38〕〈幕府燕閒錄〉曰：「唐昭君播遷，隨駕伎藝止有弄猴人，猴頗馴，能隨班起居，昭宗賜之緋袍，號孫供奉。朱溫篡起，取此猴殿下起居，猴望殿陛見溫，徑趨其所奮擊，溫令左右殺。」參見《霽山集》

前引三詩，或寫民族韌性之堅；或記詩人清勁之節，皆辭澹意遠，發人深省。

貳、風　格

　　南宋遺民身處易代喪亂之際，所吐露之心聲，就內容方面而言，雖多爲哀國之思、滄桑之感，然風格萬端，不一而足，今試析論如下：

一、忠憤激昂

　　南宋遺民詩作中，最能表現忠憤激昂之風者，莫若文天祥。先生一生奔走國事，蹈危歷險，不知其幾，誠如〈指南錄‧後序〉所自述：

> 詆大酋當死，罵逆賊當死；與貴酋處二十日，爭曲直屢當死；去京口，扶匕首以備不測，幾自頸死，經北鑑十余里，爲巡船所物色，幾從魚腹死；眞州逐之城門外，幾徬徨死；如揚州，過瓜洲楊子橋，竟使遇哨，無不死；揚州城下，進退不由，殆例送死；坐桂公塘土圍中，騎數千過其門，幾落賊手死。……〔註39〕

其道途苦難，犯萬萬死，實不可勝述。〈聞馬〉、〈聞諜〉二詩於其艱辛萬狀嘗有記曰：

> 過海安來奈若何，舟人去後馬臨河。若非神物扶忠直，世上未應僥倖多。（〈聞馬〉）〔註40〕

> 北來追騎滿江濱，那更元戎按劍嗔。不是神明扶正直，淮頭何處可安身。（〈聞諜〉）〔註41〕

卷一，〈孫供奉詩〉題下註。

〔註39〕此詩見於《心史‧中興集乙》。

〔註40〕天祥〈聞馬〉詩前小序曰：「廿一夜宿白蒲下十里，忽五更，通舟下文字，馳舟而過，報告舟云，馬來來，於是速張帆去，慌迫不可言，廿三日幸達城西門鎖外，越一日，聞吾舟過海安未遠，即有馬至縣，使吾舟遲發一時，頃已爲虜矣，危哉？」

〔註41〕〈聞諜〉詩前，天祥亦有序曰：「予既不爲制鉞所容，行至通州，得諜者云：『鎮江府走了文相公，許浦一路有馬來捉，聞之悚然爲賦此。』」此與前詩并見《指南錄》卷三，《文山全集》卷一三，頁340、

若非神功，安能化險為夷，雖事愈挫，而志愈堅，「但令身未死，隨力報乾坤」，〔註42〕忠君上之心依舊澎湃激越。及身罹縲狴犴之厄，猶以「天之所以窮餓困乏而拂亂之者，其將有所俟乎？」自勉，〔註43〕是以吟詠之間，義氣奮發，豪邁遒健之風，誠不稍歇，觀〈高沙道中〉詩：〔註44〕

> 古人擇所安，肯蹈不測淵。奈何以遺體，冀如同棄捐。初學蘇子卿，終慕魯仲連。為我王室故，持此金石堅。自古皆有死，義不污腥羶。求仁而得仁，寧死溝壑填。……（節錄）

又〈壬午〉詩：〔註45〕

> ……地下雙氣烈，獄中孤憤長。唯存葵藿心，不改鐵石腸。斷舌奮常山，扶齒屬睢陽。……

又《集杜詩》第一六八：

> 平生方寸心，誓開玄冥北。歲暮月月疾，我嘆黑白頭。

第一七〇：

> 天長眺東南，衰謝多酸辛。丈夫誓許國，直筆在史臣。

第一七四：

> 仰看八尺軀，不要懸黃金。青春歲寒柏，乃知君子心。

以上諸詩，莫不激昂壯烈，天祥為國赴難，堅貞之志可比金石，其不忘喪元於溝壑之決心與勇氣，洋溢於字裡行間，影響所及，諸遺民亦大抵具有誓滅寇讎之氣概。如林景熙〈精衛〉詩曰：〔註46〕

> 形微意良苦，前身葬長鯨。天高不可訴，宿憤何時乎。欲填東海深，能使西山傾。山傾海仍深，日夜空悲鳴。情知

341。

〔註42〕此節錄自天祥〈即事詩〉，其原詩曰：「痛哭辭京闕，微行訪海門。久無雞可聽，新有虱堪捫。白髮應多長，蒼頭少有存。但令身未死，隨力報乾坤。」卷、頁數同41。

〔註43〕引自《指南錄・自序》，《文山先生全集》卷一三，頁313。

〔註44〕此詩見於《吟嘯集》，錄於《文山先生全集》卷一五，頁384。

〔註45〕此詩見於《指南後錄》卷三，錄於《文山先生全集》卷一四，頁381。

〔註46〕此詩見於《霽山集》卷二。

力不任，誓將畢此生。

力雖微薄，然汲汲奮勉，胸襟極其宏偉。

又張琰〈出塞曲〉：〔註47〕

男兒當野死，豈爲印如斗。忠誠表壯節，燦爛千古後。

男兒奮勇爲國殺敵，豈在貪圖高官厚祿，實在盡己忠誠之心耳。

詩人抱節守義，懷漢賊不二立之意識，於吟詠之際，自有激昂忠憤之氣。然當收復失地，拯救遺民之願望終不獲滿足時，詩人又常通過夢境或幻想，顯現其對「大宋必興、元人必滅」之堅定信念，饒具踔厲奮發之氣。觀鄭思肖〈南望〉詩曰：〔註48〕

南陽遙望見春陵，殘雪初消霽日升。鬱鬱蔥蔥有佳氣，漢家天子必中興。

又〈匈奴〉詩：〔註49〕

匈奴殘破漢封疆，江北江南盡戰場。若問生靈誰是主，如今天子又康王。

又謝枋得〈和毛靜可韻〉：〔註50〕

此生何恨爲龔勝，來世誰能知少連。不信無人扶宇宙，是邦豪傑已林然。

對蒙元政權之必將覆亡，寄望殷殷，在此國破家亡之際，予遺民以莫大之鼓舞力量。觀元祚不百年而已，實有賴遺民詩人詩教之鼓舞，終能維繫民族節義於不墜，使漢民族得以再興也。

二、蒼涼悲慨

蒙古族自忽必略即大汗位於上都（宋理宗景定元年，西元 1260年），建國號爲元始，即在宋度宗咸淳四年（西元 1268 年）命將率師南侵，終在帝昺降興元年（西元 1279 年）滅宋而王，此十餘年間，

〔註47〕此詩見於《谷音》卷上，頁 6。
〔註48〕此詩見於《心史・大義集》。
〔註49〕同註 48。
〔註50〕此詩見於《疊山集》卷二。

中原干戈無休。故兵災禍火之後，觸目所及，盡皆城鄉殘破、生靈不保之景象、李俊民〈母應之餉黍〉詩曰：〔註51〕

> 憶昔周室衰，周人詠黍離。君今餉我黍，爲賦黍離詩。厥初藝黍時，飯牛使牛肥。八月黍未穫，胡兒驅牛歸。胡兒不滿欲，我民還買犢。今秋犢未大，又被胡兒逐。胡兒皆飽肉，我民食不足。食不足尚可，鬻子輸官粟。

是詩道出元吏之苛暴，與亂世生靈之悲慘。值此繁華夢斷，兵連禍結之際，詩人撫今追昔，最易生蒼涼悲慨之嘆。汪元量〈金陵詩〉曰：〔註52〕

> 只見空城不見臺，客行騷首共徘徊。風雲舊日龍南渡，宇宙新秋雁北來。三國衣冠同草莽，六朝宮殿總塵埃。交游相見休相問，把手江頭且一杯。

世換時移，再多的英雄豪傑，豐功偉業，終將爲時間之洪流所吞噬。故昔日歌舞昇平，風雲際會之盛況已不可再，詩人幽幽詠嘆間，但見一片蒼茫落寞之感。又吳思齊〈臥鐘〉詩：

> 龍簴久摧折，塵埋奈爾何。耕民誰睥睨，野衲自摩挲。雅奏多年歇，銘文幾字譌。斜陽荊棘裡，長伴舊銅駝。

又〈塵鏡〉詩：〔註53〕

> 古鏡色如墨，千年獨此留。玉臺蟲網暗，珠匣土花浮。莫笑塵埃滿，曾令鬼魅愁。盤龍驚已化，雲雨夢悠悠。

詩雖詠物，然寓意無窮。吳思齊最善於借物以抒國破家亡之感。觀前二詩中對其鐘、鏡之描寫即是。鐘、鏡二者，想皆深宮故物，而今卻隨人去樓空，但見滿布塵埃，冷落於荒苑之間，不禁令人憫然。而除此二詩外，《宋遺民錄》卷九所錄如〈破硯〉、〈殘畫〉、〈焦桐〉、〈敗裘〉、〈斷碑〉、〈廢檠〉等諸詩，亦皆別有所託之佳作。姑不論吳思齊詩文所指爲何，但觀其詩題之名，率皆破、殘、焦、斷、廢、敗等衰圮、飽經風霜

〔註51〕錄於《元詩選·甲集》，《莊靖先生集》。
〔註52〕此詩見於《湖山類稿》卷四。
〔註53〕二詩俱見於《宋遺民錄》卷九〈吳思齊傳〉。

之形容詞，則一睹其名，時過境遷，空幻之感，隨即油然而生。

遺民詩人中，林景熙者，亦多蒼涼悲慨之作，如〈故宮〉詩：

> 驚風吹雨過，歷歷大槐蹤。王氣銷南渡，僧坊聚北宗。煙深凝碧樹，草沒景陽鐘。愁見花甎月，荒秋咽亂蛩。

又〈辟雍〉詩：

> 冠帶百年夢，昔遊今重嗟。璧池春飲馬，槐市暝藏鴉。堂鼓晨昏寂，廊碑風雨斜。石經雖不火，歲歲長苔花。

又〈西湖〉詩：〔註54〕

> 繁華已如夢，登覽忽成塵。風物濱西子，笙歌醉北人。斷猨之竺曉，殘柳六條春。太一今誰用，斜陽自水濱。

曾經紙醉金邊、宴享不絕之深宮；曾經講學明道、文物鼎盛之學宮；曾經旅人如織，擁有「銷金窩兒」美名之西湖，而今但見荒草淒淒，殘柳塵烟，令人不禁慨嘆兵火之無情。觀前三詩中，如煙深、草沒、苔花、斷猨、殘柳等辭，不待明言，自有故宮禾黍之悲暗寄其中。

三、淒愴悱惻

南宋遺民面對山河破碎之痛，復感身世飄零之悲，形諸筆尖，淒愴悱惻之音，自所難免。林景熙〈酬謝皐父見寄〉詩：〔註55〕

> 入山采芝薇，豺虎據我丘。入海尋蓬萊，鯨鯢掀我舟。山海兩有礙，獨立凝遠愁。美人渺天西，瑤音寄青羽。自言招客星，寒川釣煙雨。風雅一手提，學子屨滿戶。行行古臺上，仰天哭所思。餘哀散林木，此意誰能知。夜夢繞勾越，落日冬青枝。

中原遍地為胡兒（豺虎、鯨鯢）所據，欲避無所，獨上西臺，悼念君親舊友，不免淚涕縱橫，遺民血淚，又有誰知？

又謝翺〈西臺哭所思〉：〔註56〕

> 殘年哭知己，白日下荒臺。淚落吳江水，隨潮到海廻。故

〔註54〕以上三詩俱見於《霽山集》卷二。
〔註55〕同前註。
〔註56〕此詩見於《晞髮集》卷七。

衣猶染碧，后土不憐才。未老山中客，唯應賦八哀。

嗚咽哀傷之情，流露靡遺。

又鄭思肖〈和文丞相六歌〉詩：〔註57〕

我憶三宮幸朔方，天顏皴黑鬢髮黃。鬼風尖尖割肌肉，驚沙撲損龍衣裳。群黎命死北魔手，世界缺陷苦斷腸。小臣翅短飛未得，望破癡眼愁更長。嗚呼一歌兮哀以傷，白日無光天荒荒。

我憶二王血淚垂，一絲正統懸顚危。士卒零落若霜葉，陣前將軍兮有誰。以舟爲國大洋裡，萬死一生終安歸。至痛無聲叫不響，皇天皇天知不知。嗚呼再歌兮歌孔悲，風雨驟至晝冥迷。（六首錄二）

宗廟淪亡，三宮北遷，二王淪殁。天地之間，但見愁雲慘霧，不禁哀思無窮。

又汪元量〈浮丘道人招魂歌〉：〔註58〕

有母有母死南國，天氣黯淡殺氣黑。忍埋玉骨崖山側，蓼莪劬勞淚沾臆。孤兒以忠報罔極，拔舌剖心命何惜。地結萇弘血成碧，九泉見母無言責。嗚呼二歌兮復憶，魂招不來長嘆息。

有子有子衣裳單，皮肉凍死傷其寒。蓬空煨爐不得安，叫怒索飯飢無餐。亂離走竄千里山、荊棘蹲坐膚不完。失身被繫淚不乾，父聞此語摧心肝。嗚呼六歌兮歌欲殘，魂招不來心鼻酸。（九首錄二）

是詩淒慘哀怨，以血淚爲南宋末年「搶攘干戈鬧風塵」〔註59〕之社會，作極忠實之描繪。

遺民縱罹世變，飽經各種苦難，百感交集之餘，吟詠之間，每多血淚交濡之作，讀遺民詩，苟能自時代背景處著眼，則更能對其詩中

〔註57〕此詩見於《心史‧中興集甲》。

〔註58〕此詩見於汪元量《水雲集》。

〔註59〕此乃元遺山弟子郝經〈寓目〉詩，其原詩爲：「錯莫坤靈慘不春，搶攘干戈鬧風塵。可憐萬里中原土，一片荊榛愁殺人。」

所蘊合之悽楚酸辛心領神會。

四、含蓄蘊藉

　　南宋遺民遭逢世變，在異族統治下，爲免於時難，每以比興手法，抒寫心中之感慨，而多含蓄蘊藉之作，如梁棟〈久雨有感〉二首：

　　　　冥雲生八荒，驟雨忽然至。中宵揭屋破，漏濕無處避。牀
　　　　牀不得乾，僵立見憔悴。嬌兒莫啼哭，少頃待晴霽。
　　　　少年不學稼，老大生理拙。入山採黃精，窮冬一尺雪。虎
　　　　狼正縱橫，原野有白骨。傷心重傷心，吾儕何足恤。〔註60〕

二詩雖因久雨而抒感，然寓意無窮。詩首以冥雲暗生，驟雨忽至起興；中記風雨無情，肆虐無休，百姓憔悴，莫可奈何之狀；末以隱忍須臾，天終放晴作結。細思量之，此詩乃在比喻元廷統治下，漢人倍受殘虐，致使生靈塗炭之社會慘況也。後詩與前詩寓意相仿，虎狼縱橫，白骨遍野，蓋亦有所寄託之作也。

　　又如謝翱〈商人婦〉一詩：〔註61〕

　　　　抱兒來拜月，去日爾初生。已自滿三歲，無人問五行。孤
　　　　燈寒杵石，殘夢遠鐘聲。夜夜鄰家女，吹簫到二更。

詩雖寫商人婦孤苦窮愁之生活，然未嘗非遺民於國亡之下，悽楚無助情懷之最佳寫照。又林景熙〈雪後〉詩：

　　　　開廉殘酒醒，雪意尚垂垂。夜色沈奎久，春容變柳遲。寒
　　　　塘鷗自聚，荒歲鶴同飢。便欲誅茅隱，何山有紫芝。

章祖程註曰：「言此，則先生雖貧，而終身不肯食祿之意亦可見矣。」詩以雪景起筆，而終之以歸隱。雖未嘗明言，然詩人抱節守義之心志自見。

　　又如謝枋得〈蠶婦吟〉詩：

　　　　子規啼徹四更時，起視蠶稠怕葉稀。不信樓頭楊柳月，玉
　　　　人歌舞未曾歸。

〔註60〕此詩選自《宋詩鈔‧隆吉詩鈔》。
〔註61〕此詩見於《晞髮遺集》卷上。此詩見於《霽山集》卷三。

又詩〈桃〉詩：〔註62〕

　　尋得桃源好避秦，桃紅又見一年春。花飛莫遣隨流水，怕
　　有漁郎來問津。

又〈武夷山中〉詩：〔註63〕

　　十年無夢得還家，獨立青峯野水涯。天地寂寥山雨歇，幾
　　生幾得到梅花。

前三詩，辭澹意遠，頗耐人咀味。鼉導吟詩假鼉婦之起視寅夜，以比
忠貞之憂勤宵旰。桃詩蓋以桃花之輕薄，取譬降臣之賣國求榮。武夷
山中詩則藉梅花之高潔，象徵詩人之絕世獨立。〔註64〕風神曠雅，尤
爲後人所傳誦。

　　又如許月卿〈雲邊〉詩：〔註65〕

　　雲邊人種麥，天際我歸舟。月色輕寒月，笛聲何處樓。久
　　晴人渴雨，倦仕我思休。高士傳閒看，東籬花正幽。

詩末四句，頗具弦外之音，月卿借久晴盼雨之心，道出其對仕途之倦
怠，及欲歸隱之念也。大抵此類詩，皆具意在言外之特色，故當自詩
人之處境著眼，方能眞知其詩意之所在也。

五、恬淡自然

　　宋亡之初，遺民詩頗多慷慨悲憤之作，及國亡有年，恢復已不可
期，遺民詩人之心境漸由熾熱趨於冷靜，詩風亦由歌哭山河、淒楚哀
嘆，轉爲寫景詠物，而饒恬淡自然之味，如眞山民〈山人家〉詩：

　　片雲隔斷嶂西風，三兩山花屋角紅。幾畝桑麻春社後，數
　　家雞犬夕陽中。拾薪澗底青裙婦，倚仗簷間白髮翁。我亦
　　願來同隱者，種桃早晚趁東風。

田園生活，與世無爭，恬靜詳和，令人欽羨。

〔註62〕此二詩見於《疊山集》卷一。
〔註63〕此詩《疊山集》未收，選自謝翱《大地間集》。
〔註64〕參見李曰剛〈晚宋義民之血淚詩〉，載於《中華文化復興月刊》第七
　　　卷第二期。
〔註65〕此詩見於《先天集》卷二。

又許月卿〈起早〉：〔註66〕

早起輕寒尚裌衣，飯餘春雨滿行祈。春波綠處春草碧，曉露濃時曉日稀。桃李年年春富貴，桑麻事事道精微。詩情不在火爐畔，風雪灞橋烟景歸。

以輕靈筆觸，即景生情，閒適情懷，盡在讀者目前。

又熊鉌〈越州道中〉：〔註67〕

野田秋溜正潺潺，新翠喬林繞舍環。淡日凝煙橫別浦，斜風吹雨過前山。柴扉初放牛羊出，漁艇方攜蟹蛤還。自笑平生愛遊覽，天教長在水雲閒。

又陳深〈小園即事〉：〔註68〕

淡黃楊柳著煙輕，細草茸茸襯屐行。行到水邊心會處，夕陽一樹杏花明。

又方夔〈田家雜興〉：〔註69〕

兩兩蒼髯笑杖藜，蒨裙兒女隔芭籬。斜陽鴉噪燒殘社，細雨牛眠放牧陂。酒甚十千沽玉瀣，麪香三丈卷銀絲。客來偶及興亡事，說與衰翁也自知。

又何夢桂〈倚欄即景〉：〔註70〕

落日青山外，寒烟古樹頭。犬聲隔村落，漁火半汀洲。興廢交郊屋，行藏野渡舟。夜深風雨惡，人尚倚層樓。

又梁棟〈野水孤舟〉：〔註71〕

前村雨過溪流亂，行路迷漫都間斷。孤洲盡日少人來，小舟繫在垂楊岸。主人空有濟川心，坐見門前水日深。袖手歸來茅屋下，任他鷗鳥自浮沈。

詩雖不再悲壯激越，撫今追昔，然於抒發生活感受，託吟風物中，頗覺清新自然，別具情趣。此時詩人之心情，或誠如方夔、連文鳳詩所

〔註66〕同前註，卷五。
〔註67〕選自《元詩選甲集‧熊鉌勿軒集》。
〔註68〕同前書，陳深《寧極齋稿》。
〔註69〕同前書，方夔《富山遺薰》。
〔註70〕參見《宋詩鈔‧潛齋詩鈔》。
〔註71〕同註60。

曰之：

> 老去嗟跎萬事休，襟期甚不入時流。倦飛已作歸林鳥，嬾
> 起猶如落草牛。一點眉黃無宦況，五分頭白總詩愁。玉人
> 期我滄洲上，未擬他年賦遠遊。（方夔〈雜興〉四首之一）〔註72〕

> 老我無心出市朝，東風林墅自消遙。一犁好雨秧初種，幾道
> 寒泉藥旋澆。放犢曉登雲外壟，聽鶯時立柳邊橋。池塘見說
> 生新草，已許吟魂入夢招。（連文鳳〈春日田園雜興〉）〔註73〕

詩人之倦飛嬾起，無心市朝，又豈心之所願？蓋不得已也。

參、形　式

　　南宋遺民詩，在形式上，並無顯著特點可言。惟於用字方面，則
有一共同之趨勢，即詩中每多愁、憶、夢、淚、故國、孤臣等顯現其
心境之用字，今分述于后：

一、淚

鄭思肖：

> 力不勝於膽，逢人空淚垂。（〈德祐二年歲旦二首〉）

> 雁落愁聲唯送淚，馬馳怨迹豈成塵。（〈效行即事〉）

> 一逢人自南來者，垂淚殷勤問二王。（〈聞陷虜宮女所問〉）

> 淚如江水流成海，恨似山峯插入天。（〈八勵〉）

> 焉知漢絕十八載，光武乃興春陵兵。即此一語斷世事，仰
> 面再拜淚如傾。（〈德祐六年歲旦歌〉）

林景熙：

> 桂死月亦灰，鵬枯海爲陸。自我哭斯文，老淚幾盈掬。〔註74〕
> 　（〈哭薛榆瀫同舍〉）

〔註72〕同註69。

〔註73〕資見連文鳳《百正集》卷中。

〔註74〕章祖程註曰：「此言月爲灰，則桂死不可以供攀折，海爲陸，則鵬枯
　　　　不得以成變化，皆感歎世變之辭，功名不遂之意也。」

天寶詩人詩有史，杜鵑再拜淚如水。(〈書陸放翁詩卷後〉)

黑風夜撼天柱折，萬里風塵九溟竭。誰欲扶之兩腕絕，英雄流淚滿襟血。(〈讀文山集〉)

世間淚灑兒女別，大丈夫心一寸鐵。(同上)

汪元量：

大漠陰風起，羈孤血淚垂。(〈太皇謝太后挽章〉)

南人墮淚北人笑，臣甫低頭拜杜鵑。(〈送琴師毛敏仲北行詩〉)

南朝千古傷心事，每閱陳編淚滿襟。(〈答林石田〉)

萬里陰寒淚欲流，暫時歡笑且忘憂。(〈除夕同舍集飲〉)

躑躅吞聲淚暗傾，杖藜徐步浙江行。(〈錢塘〉)

謝翱：

無處堪揮淚，吾今變姓名。(〈書文山卷後〉)

燕山來時人送客，不堪離別淚沾衣。(〈秋社寄山中故人〉)

母死未禫子為囚，邳州土濕淚長在。〔註75〕(〈邳州哭〉)

傷心拂塵縷，衣淚濕空綈。(〈秋日憶過秦國公主園〉)

文天祥：

天寒日欲短，游子淚如霰。(〈發魚臺〉)

今行日已見，使我淚如雨。我為綱常謀，有身不得顧。(〈過淮河宿闞石有感〉)

昭君愁出塞，王粲怕登樓。千載英雄淚，如今況楚囚。(〈維揚驛〉)

我來千載下，吊苦淚如潛。(〈沛歌〉)

耳想杜鵑心事苦，眼看胡馬淚痕多。(〈讀杜詩〉)

丹心不改君臣誼，清淚難忘父母邦。(〈泰和〉)

梁棟：

背時還獨立，攬芳淚沾巾。(〈黃葵〉)

〔註75〕此詩為謝翱為天祥所作也。可參見元吳師道〈吳禮部詩話〉，錄於《歷代詩話續編》，頁605。

觀前所節錄諸詩，無處不見遺民孤臣孽子之血淚。南宋末造，元兵以所向無敵之姿進兵臨安，天祥偕忠義之士雖起而抗敵，然國政已積重難返，終不免坐視社稷淪沒以終。面對亡國之慘劇，感慨之餘，遂不知不覺而愴然淚下。俗語有謂「大丈夫有淚不輕彈」，然遺民詩中，「淚」字之用，隨處可見。觀上引詩中，有所謂「淚如水」、「淚如雨」、「淚如霰」句，水、雨、霰等皆係無法斗量之多數名詞，詩人以之比擬淚水，不待筆墨形容，其哀怨悲愴之情，已表白無遺矣。

乙、愁

鄭思肖

　　回首故都宮闕恨，滿山秋色正愁人。(〈二礪〉)

　　三宮在何許，萬姓墮愁中。(〈無題〉)

　　花柳有愁春正苦，江山無主月空圓。(〈偶成〉)

　　世道忽翻覆，愁來痛徹心。(〈對雨有懷〉)

　　陷虜有歌春夢斷，哭天無地夜魂愁。(〈自挽〉)

眞山民：

　　春事漸消鶯老語，離愁偏勝柳絲長。(〈江頭春日〉)

　　寒蛩可是知人意，來到莎根只說愁。(〈夜坐〉)

　　有書遮老眼，無藥療閒愁。(〈獨坐〉)

　　欲談世事佛無語，不管客愁禽自吟。(〈游鳳棲寺〉)

　　春光元自好，我却爲春愁。(〈春感〉)

　　不敢尤人敢怨天，愁來覓酒醉來眠。(〈述懷〉)

林景熙：

　　獨夜愁如此，殊鄉老奈何。(〈客意〉)

　　夢回荒館月籠秋，何處砧聲喚客愁。(〈夢回〉)

　　遊絲不繫春暉住，愁絕天涯寸草心。(〈送春〉)

　　寒燈寥落殘書在，獨抱荒愁寄濁醪。(〈燈市感舊〉)

　　亂山愁在笛，孤驛夢中家。(〈道中〉)

汪元量：

羈客相看默無語，一襟愁思自心知。(〈幽州秋日聽王昭儀琴〉)

愁到濃時酒自斟，挑燈看劍淚痕深。(〈秋日酬王昭儀〉)

砧杵遠聞添客淚，鼓鼙纔動起人愁。(〈易水〉)

事去空垂悲國淚，愁來莫上望鄉臺。(〈潼關〉)

大王無起日，草木盡傷悲。(〈平原郡公趙福王挽章〉)

謝翱：

山村雲物外，至朔閏年愁。(〈至日憶山中客〉)

江山此愁絕，寒角夢中吹。(〈八詠樓〉)

一身行萬里，奴鬐集諸愁。(〈送毛耳翁之湘南〉)

濕雲黏短髮，飄泊奈愁何。(〈無題〉)

文天祥：

故園春草夢，舊國夕陽愁。(〈虎頭山〉)

日侵鄉夢夜推枕，風送牢愁晝掩門。(〈感興〉)

江雲愁萬疊，遺恨鷓鴣啼。(〈雨雪〉)

萬里山河夢，千年宇宙愁。(〈來平館〉)

愁對寒雲雪滿山，愁看冀北是長江。(〈胡笳曲右七拍〉)

梁棟：

客愁已付蒲萄綠，迸雨空餘瑪瑙紅。(〈雨花臺〉)

落日江山宜喚酒，西風天地正愁人。(〈金陵三遷有感〉)

綜觀遺民詩人之所以愁，只因華夏民族失其正朔，受制異族；只因生民塗炭，哀鴻遍地；只因三宮動主出降、不知所之；只因羈旅天涯，不得歸鄉……等。一連串的愁，是詩人們內心無奈、無言之哀戚，感慨山河變色，悵望故園荒殘，曾經貴為萬邦之首而傲視異族之大漢子民，而今則任人凌虐宰割，萬般愁緒，雖藉詩文以為排遣，然國愁家恨，又豈一「愁」字足以釋之哉。

　　丙、憶

林景熙

　却憶去年今夜月，思君獨上越山樓。(〈吳中會故人〉)

　長憶相送處，缺月隨我歸。(〈商婦吟〉)

　殘波照影自相耦，憶向孤山作春事。〔註76〕(〈賦梅花得使字〉)

　字中還又客，回首憶并州。(〈練川道中次胡汲古韻〉)

　凋悴緣何事，青青憶舊叢。(〈枯樹〉)

　却憶畫船曾聽處，夕陽高柳斷橋邊。(〈聞蟬〉)

汪元量：

　却憶相交游賞月，三千衛士立階除。(〈賈魏公府〉)

　却憶市朝無事日，笙歌日日醉昏昏。(〈重游甘露寺〉)

　忽憶舊家行樂地，春風花柳十三樓。(〈登薊門用家則堂韻〉)

　柳搖楚館牽新恨，花落吳宮憶舊游。(〈平原郡分夜宴月下待瀛
　國公歸寓府〉)

鄭思肖：

　深憶國家無事日，人心和氣是春聲。(〈春日偶成〉)

　南望二王未駐蹕，北憶三宮猶蒙塵。(〈德祐六年歲旦〉)

　花前吹笑憶春三，何故東君尚未還。(〈次韻〉)

　抱香懷古意，戀國憶前身。(〈墨蘭〉)

　大地瘡痍痛正新，南歸不避雪紛紛。柳邊人憶一湖錦，松
　下僧聞九里雲。(〈送僧遊西湖歸永嘉〉)

眞山民：

　憶昔踏青終日醉，如今垂白幾人存。(〈奉和春遊呈雲耕叔祖〉)

文天祥：

　思我故人兮，憶我親。(〈思小村〉)

　妾歸生何益，男兒死未休。虎頭山下路，揮淚憶虔州。(〈虎
　頭山〉)

_____

〔註76〕章祖程註曰：「此句因梅花而懷舊遊也。」

過眼驚新夢，傷心憶舊題。江雲愁萬疊，遺恨鷓鴣啼。(〈雨雪〉)

謝翱：

憶昨夜禪處，湖雲起白龍。(〈悼南上人〉)

獨憶絲綸老，相從話所親。(〈呈王尚書應麟〉)

已鉏虆蕪徑，青鞋憶寄頻。(〈用韻酬友人憶寄〉)

回憶先丘壠，于今是極邊。(〈寄朱仁中〉)

「憶」者，因撫今追昔而來，即此，則遺民詩中憶之深意已見。大凡人在孤苦無依，潦倒無助之際，每易對過去曾經擁有之一切，如繁華璀璨之生活，吟詠唱和之故交舊侶等倍極想望，南宋遺民詩人亦然。彼亡國又喪家，以飄泊之身，極目四望，曾經繁華鼎盛之社會，而今已殘破蕭索，弔古傷今，對前塵往事，每多滄桑之感，回憶之情，不期然而自生矣。

丁、夢

林景熙：

繁華已如夢，登覽忽成塵。(〈西湖〉)

舊遊魂似夢，短髮不勝簪。(〈山陰秋懷〉)

名山隔風雨，幾度夢空馳。(〈留寄沈介石高士〉)

幾夜高堂夢，不知山水長。(〈贈吳秀才林東歸〉)

百年回首忽成夢，萬竅有聲皆是詩。(〈獨夜〉)

汪元量：

萬葉秋聲孤館夢，一燈夜雨故鄉心。(〈秋日酬王昭儀〉)

春事闌珊夢裡休，他鄉相見淚空垂。(〈平原郡公夜宴〉)

鄉夢漸生燈影外，客愁多在雨聲中。(〈邠州〉)

三分割據人如夢，滿目興亡客自癡。(〈鳳州〉)

人生螻蟻夢，世道犬羊衣。(〈杭州雜詩和林石田〉)

謝翱：

異鄉同夢客，今雨故人家。(〈山陰道中呈鄭正樸翁〉)

天涯芳草夢，此意未應泯。（〈暮春感興〉）

孤燈寒杵石，殘夢遠鐘聲。（〈商人婦〉）

暖風吹睡無言，又向牀頭看夢書。（〈春閨詞〉）

可堪魂夢在，回首舊舺稜。（〈近體〉）

文天祥：

惆悵高歌入睡鄉，夢中魂魄尚飛揚。（〈夜起〉）

餓死眞吾志，夢中行採薇。（〈南山軍〉）

長有歸來夢，衣冠滿故園。（〈別里中諸友〉）

江南只有歸來夢，休問田園蕪不蕪。（〈和左人〉）

昨夜分明夢到家，飄飄依舊客天涯。（〈旅懷〉）

家山時入夢，妻子立關情。（〈自歎〉）

眞山民：

癡人醉夢不知醒，日夜雙眉抵死攢。（〈歲暮〉）

櫓聲搖客夢，帆影挂離愁。（〈蘭溪舟中〉）

舊夢青氊在，新愁白髮知。（〈李修伯山居〉）

故交只向夢中見，閒事不從心上來。（〈幽棲〉）

池光曾染吟邊墨，草色猶如夢裡青。（〈題永嘉夢草堂〉）

鄭思肖：

此身猶夢裡，無處問天涯。（〈即事〉）

塵汙宮妝粉不香，死生魂夢只昭陽。（〈聞陷虜宮女所問〉）

百歲光陰十過三，故山路梗夢中過。（〈次韻〉）

「夢」乃個人心志情感之表露，故日有所思，夜每有所夢。在夢境之中，故交舊侶、至親家園，一切宛如往昔，故每每爲南宋遺民精神寄託之所在。然當夢醒時，宗社丘墟、凋殘破之感，盡在目前，夢中情景，轉眼成空，既然如此，又何妨長醉夢中，以忘却世愁哉！

戊、故──故國、故人、故山

文天祥：

故國丹心老，中原白髮新。(〈見艾有感〉)

一春花裡離人淚，萬里燈前故國情。(〈夜起〉)

無限斜陽故國愁，朔風吹馬上幽州。(〈立春〉)

故家不可復，故國已成丘。(〈還獄〉)

匆匆十年夢，故國暗銷魂。(〈池州〉)

芳草中原路，斜陽故國情。(〈小清口〉)

落木空山杳，孤雲故國迷。(〈夜〉)

林景熙：

病猶依故國，死乃見全人。(〈哭郭同舍〉)

舊國愁生暮，衰年病過春。(〈初夏病起〉)

春風門巷楊花後，舊國山河杜宇時。(〈答鄭即翁〉)

衰顏憑酒潤，故國得春折。(〈新春〉)

吳地繁華前劫灰，故山秋遠夢頻回。(〈寄葛秋巖〉)

故山入夢草芊芊，半窗踈雨寒食天。(〈春感〉)

回首故人遠，城笳吹夕煙。(〈溪行〉)

鄭思肖：

落日經何國，歸雲識故山。(〈即事〉)

故國英雄淚，終身父母心。(〈同上〉)

故國夜長天正晦，離宮春盡草初生。(〈一旦〉)

何夢桂：

故國蠶叢千古恨，霧關熊耳一身孤。(〈和昭德孫聞鵑〉)

雙鶴揚州問故家，一樽后土弔瓊花。(〈弔維揚瓊花〉)

陳深：

嗚嗚寒角動城頭，吹起四年故國愁。(〈曉望吳城有感〉)

許月卿：

故山應更好，楊柳映芙蓉。(〈明月〉)

對時思故國，客裏厭南音。(〈次韻蜀人李施州苐端午〉)

南宋之淪亡，君相之失，難辭其咎，然觀遺民詩中，對故國依舊繾綣
情深，未嘗忘懷，究其故，實有宋三百年以道爲國，除少數昏君外，
大抵一能以禮義馭下，故廉恥之風不替，吾人研讀遺民詩，對遺民之
忠節，固讚歎備至，然對有宋待士之厚德，亦深寄崇仰之意也。

己、孤──孤臣、孤心

文天祥：

　　諸老丹心付流水，孤臣血淚洒南國。(〈哭崖山〉)

　　孤臣傷失國，遊子歎無家。(〈自歎〉)

　　夢裡乾坤老，孤臣雪咽氈。〔註77〕

　　孤臣腔血滿，死不愧廬陵。(〈元夕〉)

　　天門皇皇虎豹立，下士孤臣泣雲表。(〈移司即事〉)

　　老去秋風吹我惡，夢回寒月照人孤。(〈金陵驛〉)

林景熙：

　　半生書劍孤心老，萬里山川兩眼醒。(〈別方槐庭山人〉)

　　世交翻覆如雲雨，野鶴孤心老竹知。(〈次韻山中見寄〉)

　　濱死孤臣血滿顱，冰氈齧盡偶生全。(〈聞家則堂大參歸自北寄呈〉)

　　空遺破硯孤心苦，只博生綃兩鬢華。(〈哭德和伯氏〉)

　　斷影雲空白，孤心草欲黃。(〈贈吳秀才林東歸〉)

眞山民：

　　寒齋淡無味，孤坐思悠悠。(〈獨坐〉)

　　隻身千里客，孤枕一燈秋。(〈渡江之越宿蕭山縣〉)

　　孤燈竹窗底，危坐一歌騷。(〈秋晚〉)

　　郵亭冷雨孤燈夜，漁市斜陽一笛秋。(〈漁浦晚秋旅懷〉)

　　年來心迹兩悠悠，若比孤雲儘自由。(〈自適〉)

汪元量：

〔註77〕此詩題爲「二月六日，海上大戰，國事不濟，孤臣天祥，坐北舟中，
　　　　向南慟哭，爲之詩曰」。

雪塞砧入戍遠，霜雲吹角客愁孤。(〈通州道中〉)

六花飛舞下天衢，萬里羈人心正孤。(〈幽州會同館〉)

萬葉秋風孤館夢，一燈夜雨故鄉心。(〈秋月酬王昭儀〉)

夜涼金氣轉淒其，正是羈孤不寐時。(〈終南山館〉)

大漠陰風起，羈孤血淚懸。(〈太皇謝太后挽章〉)

鄭思肖：

甘美不入孤臣口，死後骨消恨不消。(〈憶夢哭歌〉)

清興遊空外，孤愁抱日邊。(〈遣興〉)

三宮猶萬里，一念只孤臣。(〈寫憤〉)

太抵遺民在新朝，本即屬孤立特出之一群，彼憶戀故國，不臣服新主，唯歸返田園，嘯咏山林之間，終日與閒雲野鶴、山花野樹相伴，雖身閒似鷗，然孤苦無依，徬徨無助之感，又豈外人足以知之？

《詩大序》有言：「詩者，志之所之也，在心爲志，發言爲詩。」是詩歌爲個人內心情感之表露，吾人研讀上所節錄諸詩，復考索彼詩中之意蘊與夫詩人琢磨用字之心跡，則南宋遺民詩人之處境與心情，當不難推知也。

第二章　南宋遺民詩之評價

　　宋朝末年，局勢雖動盪不安，然於宗國未亡之際，詩人所吟詠者，仍因襲江湖詩派之尾聲，不免流於猥俚孱弱，瑣屑偏僻之習。及至國亡，異族入主中原，強胡鐵騎，粉碎曾經繁華鼎盛之市朝，但見天地之間，腥羶遍布，詩人怵目驚心，於是本屬刻畫煙雲，寄情風月之筆，乃一變而爲復仇雪恥之精神武器，在宋代詩史上，留下可歌可泣之篇章。然此期詩作之最高成就，似不應在詩人之詞句間尋求，而必須在詩人所表現之操守上挹取，蓋此期詩人之詩作，係用其志節逸行，濡著血淚，捐棄生命，以完成其藝術之光輝者，如文天祥用頭顱，生命寫下「人生自古誰無死，留取丹心照汗青」之詩句，昭著民族大義於千秋萬世；如謝枋得之不事二姓，絕食身亡，終於踐履其「人間不獨夷齊清」之高風亮潔，貞剛忠烈之行止，表現出炎黃子孫之偉大人格；如林景熙於元僧楊璉眞伽發宋諸陵之後，僞爲丐者，入山拾骨，一片孤忠赤忱，而有「親拾寒瓊出幽草，四山風雨鬼神驚」之哀嘆；如謝翱緬懷民族救星文天祥之義烈就死，吟出「殘年哭知己，白日下荒臺」之哀慟，既傷丞相恢復大計之未遂，亦悼南宋朝之覆亡也；如鄭思肖矢志不與北人相接，坐臥必南向，浩歌狂哭，哀毀激憤，而興「我非辦得中興事，一點英靈死不消」之壯志；如汪元量浪迹異地，孤臣孽子情懷每以蘇子卿自況，有所謂「君不見海上看羊手持節，飢來和雪

和氈囓。又不見飯顆山頭人見嗤，愁吟痛飲眞吾師也。」之孤懷，凡此皆可見其人之作品，已與其生命鎔鑄合一，誠如嚴恩紋《宋詩研究》所言：

> 宋末遺民，搦管傾吐的，固然是詩，但他們表現血忱的事
> 實，更是一首無可評價的行爲的詩。

宋詩演變至此，不獨能以高蹈激昂之詩風，一掃四靈，江湖以來庸音雜響之病，而遺民詩人凜然剛強之氣，透過其詩筆，更傳達出漢民族堅靭卓絕之個性，此類由血淚凝聚之詩篇，終於成爲推翻蒙元政權最神聖、最有效之武器，亦爲千秋萬世抵抗異族暴力樹立不朽之楷模。是以明程敏政《宋遺民錄》序嘗予之評曰：

> 區區孤陋，每摭拾其殘編斷簡而伏讀之，其言勁如風霆，
> 偉如月星，而黍離麥秀之感，溢於言意之表，殊使人不能
> 終篇，固已毛髮上指，涕泗交頤，如見其人於九京，凜有
> 生氣，欲從之遊而不可得也。矧夫一時相與者，又皆慷慨
> 悲歌之士，或倡和焉，或稱述焉，皆足以起人心之忠義，
> 振末世之委靡，百代之下，讀其文想其人，將必有任天理
> 民彝之責於一身，而與之冥契神交於百代之上者矣。

又錢謙益〈序胡致果〉詩云：

> 宋之亡也，其詩稱盛，皐羽之慟西臺，玉泉之悲竺國，水
> 雲之苕歌，谷音之越音，古今之詩，莫變於此時，亦莫盛
> 於此時，至今新史盛行，空坑崖山之故事，與遺民舊老灰
> 飛煙滅，考諸當日之詩，則其人猶存，其事猶在，殘篇嚙
> 翰，與金匱石室之書，並懸日月。

諸家之評，的當不移，蓋南宋遺民詩已不獨爲有宋詩壇做一光榮之總結，亦可在中國詩史上留下光輝燦爛之新頁也。

參考書目

1. 司馬遷，《史記》，鼎文書局，民國 68 年 11 月初版。
2. 范曄，《後漢書》，鼎文書局，民國 68 年 11 月初版。
3. 陳壽，《三國志》，鼎文書局，民國 68 年 11 月初版。
4. 司馬光，《資治通鑑》，鼎文印書館，民國 44 年 6 月初版。
5. 脫脫等，《宋史》，鼎文書局，民國 67 年 9 月初版。
6. 宋濂等，《元史》，鼎文印書館，民國 44 年本版。
7. 王洙，《宋史質》，大化書局，民國 66 年 5 月初版。
8. 柯劭忞，《新元史》，藝文印書館，民國 44 年。
9. 陳邦瞻，《宋史紀事本末》，三民書局，民國 57 年 4 月初版。
10. 趙翼，《廿二史箚記》，世界書局，民國 72 年 9 月九版。
11. 趙翼，《陔餘叢考》，世界書局，民國 49 年 12 月初版。
12. 畢沅，《續資治通鑑》（新校本），世界書局，民國 51 年 10 月初版。
13. 方豪，《宋史》，中國文化學院出版社，民國 68 年 10 月初版。
14. 金毓黻，《宋遼金史》，商務印書館，民國 35 年 8 月初版。
15. 張孟倫，《宋代興亡史》，商務印書館，民國 54 年 1 月初版。
16. 李安，《文天祥史蹟考》，正中書局，民國 61 年初版。
17. 李心傳，《建炎以來繫年要錄》，中文出版社，民國 72 年 3 月初版。
18. 徐夢莘，《三朝北盟會編》，文海出版社，民國 51 年 9 月初版。
19. 佚名，《宋季三朝第要》，文海出版社，民國 70 年 6 月初版。
20. 程敏政輯，《宋遺民錄》，廣文書局，民國 57 年 5 月初版。

21. 萬斯同，《宋季忠義錄》，國防研究院中華大典編印，會合作印行四明叢書本第二集第四冊，民國 55 年 10 月初版。

22. 陸心源，《宋史翼》，文海出版社，民國 56 年 1 月初版。

23. 吳自牧，《夢梁錄》，文海出版社，民國 70 年。

24. 耐得翁，《都城紀勝》，文海出版社，民國 70 年。

25. 周密，《武林舊事》，文海出版社，民國 70 年。

26. 周密，《齊東野語》，學津討原本第一四冊，新文豐出版公司。

27. 周密，《癸辛雜識》，中文出版社增補津逮秘書本。

28. 田汝成，《西湖遊覽志》，世界書局，民國 52 年 5 月初版。

29. 田汝成，《西湖遊覽志餘》，世界書局，民國 52 年 5 月初版。

30. 陶宗儀，《南村輟耕錄》，木鐸出版社，民國 71 年 5 月初版。

31. 王夫之，《宋論》，里仁書局，民國 74 年 2 月初版。

32. 黃宗羲編，全祖望補，《宋元學案》，世界書局，民國 50 年 11 月初版。

33. 陳登原，《國史舊聞》，大通書局，民國 60 年 11 月初版。

34. 孫克寬，《元初漢文化之活動》，中華書局，民國 57 年 9 月初版。

35. 永瑢等，《合印四庫全書總目提要及四庫未收書目禁燬書目》，商務印書館，民國 60 年 7 月增訂初版。

36. 紀昀等，《四庫全書簡明目錄》，世界書局，民國 52 年 2 月初版。

37. 昌彼得等編，《宋人傳記資料索引》，鼎文書局，民國 67 年 4 月增訂版。

38. 陳思，《二宋名賢小集》，四庫公書珍本六集。

39. 陳焯，《宋元詩會》，四庫全書珍本十集。

40. 杜本，《谷音》，商務四部叢刊初編。

41. 曹庭棟，《宋百家詩存》，四庫全書珍本六集。

42. 厲鶚，《宋詩紀事》，鼎文書局，民國 60 年 9 月初版。

43. 陸心源，《宋詩紀事補》，鼎文書局，民國 60 年 9 月初版。

44. 吳之振等，《宋詩鈔》，世界書局，民國 58 年 4 月再版。

45. 吳之振等，《宋詩鈔補》，世界書局，民國 58 年 4 月再版。

46. 顧嗣立，《元詩選》，世界書局，民國 56 年 8 月初版。

47. 唐圭璋，《全宋詞》，明倫出版社，民國 59 年 12 月初版。

48. 丁傳靖，《宋人軼事彙編》，源流文化事業公司，民國 71 年 9 月初

版。

49. 歐陽修,《歐陽修全集》,華正書局,民國 64 年 4 初版。

50. 蘇東坡,《蘇東坡全集》,世界書局,民國 53 年 2 月初版。

51. 袁燮,《絜齋集》,清嚴一萍百部叢書集成之廿七聚珍版叢書第廿八函,藝文印書館。

52. 53. 文天祥,《文文山全集》,世界書局,民國 68 年 12 月初版。

53. 謝枋得,《疊山集》,文淵閣四庫全書集部一二三,商務印書館。

54. 鄭思肖,《鐵函心史》,世界書局,民國 64 年 7 月初版。

55. 鄭思肖,《百二十圖詩集》,清嚴一萍百部叢書集成之知不足齋叢書第廿一函,藝文印書館。

56. 謝翱,《晞髮集》,文淵閣四庫全書集部一二七,商務印書館。

57. 林景熙,《霽山集》,文淵閣四庫全書集部一二七,商務印書館。

58. 汪元量,《水雲集》,文淵閣四庫全書集部一二七,商務印書館。

59. 汪元量,《湖山類稿》,文淵閣四庫全書集部一二七,商務印書館。

60. 眞山民,《眞山民集》,四庫全書珍本一一集。

61. 許月卿,《先天集》,商務四庫叢刊續編。

62. 方夔,《富山遺藁》,文淵閣四庫全書集部一二八,商務印書館

63. 陳深,《寧極齋稿》,文淵閣四庫全書集部一二八,商務印書館。

64. 連文鳳,《百正集》,文淵閣四庫全書集部一,商務印書館。

65. 李俊民,《莊靖集》,文淵閣四庫全書集部一二九,商務印書館。

66. 趙孟頫,《松雪齋集》,商務四部叢刊初編。

67. 方回,《桐江續集》,四庫全書珍本初集。

68. 劉大杰,《中國文學發展史》,華正書局。

69. 稽哲,《中國詩詞演進史》,香港開源書局。

70. 張敬文,《中國詩歌史》,幼獅書店,民國 59 年 12 月初版。

71. 呂思勉,《宋代文學》,不詳。

72. 嚴恩紋,《宋詩研究》,華國出版社,民國 45 年 10 月初版。

73. 胡雲翼,《宋詩研究》,宏業書局,民國 61 年 2 月初版。

74. 學海出版社編輯部,《宋詩選譯》,學海出版社,民國 63 年 3 月初版。

75. 蔣礪若,《宋詩通論》,中流出版社,民國 63 年 3 月出版。

76. 吉川幸次郎著,鄭清茂譯,《宋詩概說》,聯經出版事業公司,民國

66 年 4 月。

77. 梁昆，《宋詩派別論》，東昇出版事業公司，民國 69 年 5 月初版。

78. 劉子清，《中國歷代人物評傳》，黎明文化事業公司，民國 63 年 12 月初版。

79. 楊蔭深，《中國文學家列傳》，中華書局，民國 73 年 6 月初版。

80. 林逸，《文信國公研究》，商務印書館人人文庫，民國 71 年 7 月。

81. 李安，《宋文丞相天祥年譜》，商務印書館新編中國名人年譜集成第十輯，民國 69 年 7 月。

82. 丁福保輯，《歷代詩話續編》，木鐸出版社，民國 72 年 9 月初版。

83. 王文濡註，《評註宋元明詩》，廣文書局，民國 70 年 12 月初版。

84. 祥夢庵，《宋代人物與風氣》，商務印書館人人文庫。

85. 李唐，《宋理宗》，河洛出版社，民國 67 年 5 月初版。

86. 董金裕，《正氣文選析》，華正書局，民國 69 年 7 月初版。

87. 蔡仁厚，《宋明理學・南宋篇》，學生書局，民國 69 年 3 月初版。

88. 黃如卉，《詩和詩人》，源流文化事業公司，民國 71 年 1 月初版。

89. 法謝和耐（Jacgues Gemet）著、馬德程譯，期刊論文，《南宋社會生活史》，中國文化大學出版部，民國 71 年 3 月出版。

90. 楊麗圭，《鄭思肖研究及其詩箋注》，文化大學中文研究所博士論文。

91. 王偉勇，《南宋遺民詩初探》，東吳大學中文研究所碩士論文。

92. 鄭亞薇，《南宋江湖詩派研究》，政治大學中文研究所博士文。

93. 倪天蕙，《宋儒春秋尊王思想研究》，政治大學中文研究所碩士論文。

94. 黃孝光，《南宋三家遺民詞人研究》，文化大學中文研究所博士論文。

95. 周全，《宋遺民志節與文學研究》，東吳大學中文研究所博士論文。

96. 陳彩玲，《南宋遺民詠物詞研究》，政治大學中文研究所碩士論文。

97. 王國維，《書宋舊宮人詩詞湖山類稿水雲集後》，觀堂集林一七卷。

98. 黃節，〈宋遺儒略論〉，《國粹學報》四卷一一期，宣統元年一月。

99. 殷齊德，〈宋代遺民詩人鄭菊山父子評傳及其詩文研究〉，《學藝雜誌》一五卷五期，民國 25 年 6 月。

100. 黃清，〈文山先生詩之風格〉，《協大藝文》一期，民國 37 年 2 月。

101. 張一渠，〈愛國詩人鄭所南〉，《今日世界》一九期，民國 41 年 12 月。

102. 王恢，〈文信國指南錄略述（上下）〉，《人生》八六、八七期，民國 43 年 6 月。

103. 王恢,〈文信國的指南後錄（上下）〉,《人生》八八、八九期,民國 43 年 7 月。

104. 王恢,〈文信國指南後錄餘話〉,《人生》九一期,民國 43 年 8 月。

105. 王恢,〈勁節高風謝疊山〉,《人生》一〇八期,民國 44 年 5 月。

106. 趙鐵寒,〈鄭思肖及其詩文集－心史〉,《幼獅月刊》五卷二期,民國 46 年 2 月。

107. 濴鋆,〈鄭思肖（上下）〉,《公保月刊》二〇卷七、八期,民國 57 年 3、4 月。

108. 朱沛連,〈南宋亡國別記〉,《古今談》五五期,民國 58 年 3 月。

109. 程運,〈二宋學術風氣之分析〉,《政大學報》二一期,民國 59 年 5 月。

110. 龐景隆,〈文文山及其詩〉,《中央月刊》第二卷第十期,民國 59 年 8 月。

111. 蔣勵材,〈以鐵函心鄭所南（上下）〉,《東方雜誌》一五卷二、三期,民國 59 年 8、9 月。

112. 王止峻,〈談南宋之亡（一～六）〉,《醒獅》一二卷一至六期,民國 63 年 1 至 6 月。

113. 李曰剛,〈晚宋義民之血淚詩〉,《中華文化復興月刊》七卷二期,民國 63 年 2 月。

114. 孫克寬,〈元初南宋遺民初述〉,《東海學報》一五期,民國 63 年 7 月。

115. 林蔥,〈宋遺民汪元量逸事〉,《浙江月刊》九卷一期,民國 66 年 1 月。

116. 濴鋆,〈謝翱（上下）〉,《公保月刊》二十卷九、十期,民國 68 年 5、6 月。